Kessel
Geschichten

Michael Schönberg

Impressum:

Texte: Michael Schönberg

Layout: Michael Schönberg

Lektorat: Rudolf Köster

Cover: Michael Schönberg

Bilder: Pixybay

© 2026 Michael Schönberg

Verlag: BoD · Books on Demand GmbH, Überseering 33, 22297 Hamburg, bod@bod.de

Druck: Libri Plureos GmbH, Friedensallee 273, 22763 Hamburg

ISBN: 978-3-7562-3163-8

Inhaltsverzeichnis: Seite:

Die Rebellion 1968

Mit gerade Mal dreizehn Jahren habe ich die Rebellion der 68er nur am Rande mitbekommen. Zu sehr war ich mit mir selbst beschäftigt. Zu dieser Zeit rebellierte oft mein Magen. Der Inhalt vieler Bierdosen und kaum feste Nahrung machten aber nicht nur dem Magen zu schaffen.

Im Kopf arbeitete es unaufhaltsam. Im Sommer würde ich die Schule verlassen und eine Lehre bei Mannesmann beginnen. Unschlüssig, ob ich eine Ausbildung zum Elektriker oder zum Schlosser machen sollte. Am Ende unterschrieb mein Vater den Lehrvertrag für die Elektrikerausbildung.

Eine Rebellion gab es aber in unserem Stadtteil Rath dann doch, und die erlebte ich mehr als nur nah. Denn es war meine eigene, die ich zu Hause erleben durfte oder gar musste.

Meine Mutter fand in einer Jacke von mir ein Päckchen Zigaretten. Natürlich wurde das dem Familienoberhaupt mitgeteilt.

Mein Vater, selbst ein starker Raucher, verbot mir das Qualmen und wies auf dessen Gefahren hin. Natürlich ignorierte ich seine Worte und paffte weiter. Regelmäßig wurden nun Jacken und Taschen kontrolliert. Meine Mutter fand aber nichts mehr. Denn bevor ich in unsere Wohnung ging, versteckte ich die Zigaretten und Streichhölzer im Keller. Hinter den Heizungsrohren war ein kleiner Platz, auf dem die wichtigen Utensilien genau hineinpassten. Damit meine Eltern immer mal einen Abtasten- oder Durchsuchungserfolg hatten, trug ich auch mal eine zweite Packung bei mir. Darin eine, maximal zwei Zigaretten. Danach war für mehrere Tage wieder Ruhe. Dieses Katz- und Maussspiel ging über viele Wochen, bis es mir zu bunt wurde.

»Arbeiten darf ich, dafür bin ich alt genug. Aber noch zu jung, um eine Zigarette rauchen zu dürfen! Außerdem darf ich ja wohl mit meinem Verdienst machen, was ich will. Papa raucht doch auch, also kann es doch nicht so ungesund sein, sonst würde er das doch nicht tun, oder?«

»Es bleibt beim Nein. Erst wenn du sechzehn bist, dann darfst du rauchen. Basta!«

Ich wusste, meine Mutter würde es mir nicht einen Tag früher erlauben. Schmollend verließ ich das Zimmer, und die Heimlichkeit ging weiter. Kommissar Zufall sollte mir aber helfen, diesen Zustand zu beenden.

In unserer Lehrwerkstatt durfte geraucht werden. Allerdings nicht an der Werkbank. Für die Raucher gab es eine Raucherecke. MitZigarettenautomat, Tisch und Stühlen ein idealer „Pausenraum", der von vielen schmachtenden Stiften genutzt wurde. Direkt neben dem Ausbildungsplatz für Schmied und Elektroschweißer.

Dort gab es eine große Dunstabzugsvorrichtung. Die zog auch den Dunst der jungen Raucher ab. Hier rauchten aber auch die Ausbilder.

Mein Vater, der ebenfalls bei Mannesmann im Walzwerk arbeitete, kam mich mal in der Werkstatt besuchen. Nach kurzer Begrüßung unterbrach ich meine Arbeit und wir gingen zur Raucherecke.

»Dort können wir ungestörter reden«, da er wissen wollte, wie ich zurechtkomme.

»Papa, ich würde gerne Schlosser werden. Stahl zu bearbeiten macht mir mehr Spaß als Kabelösen zu biegen. Mit dem Meister habe ich schon gesprochen, er findet auch, dass mein Talent nicht im Kabelbiegen liegt. Bei der Arbeit am Schraubstock dagegen würde er merken, wie viel Freude mir das machte. Er würde meine Änderung des Ausbildungsvertrages unterstützen.«

Mein Vater schaute mich an und wusste nicht so recht, was er sagen sollte.

Ich Griff in die Jackentasche und holte eine Zigarettenschachtel hervor.

Für eine Millisekunde sah ich ein Blitzen in den Augen meines Vaters, doch kein Wort des Entsetzens kam über seine Lippen.

War es, weil wir auf der Arbeit waren und er mir hier keine Predigt halten wollte, oder war es, weil wir uns wie Erwachsene unterhielten? Ich weiß es bis heute nicht.

Meine Packung Zigaretten hatte oben eine rechteckige Öffnung. Dort hatte ich die Folie und das Silberpapier entfernt. Durch leichtes Klopfen gegen meine Hand rutschten die Zigaretten aus der Öffnung heraus. Meinem Vater bot ich an, sich einen der Glimmstängel zu nehmen. Er sah mich an, und auch hier fühlte er sich offenbar überfordert.

»Ich weiß, es ist nicht deine Sorte, aber ich habe nur die«, erklärte ich, nahm mir eine „HB" aus der Schachtel und zündete sie mir an.

Mein Vater sah mir streng in die Augen, sagte aber nichts. Er holte seine Zigaretten der Marke „Gold Dollar" hervor und zündete sich ebenfalls eine an.

Nach zwei, drei Minuten des Schweigens sagte er: »Ich werde mit dem Leiter der Lehrwerkstatt, Herrn Eisen, sprechen und ihn bitten, den Vertrag zu ändern.« »Danke, Papa. Danke. Wirst sehen, das ist viel besser für mich. Mit der Elektrikerlehre werde ich nicht glücklich, als Schlosser schon.«

Die Zigaretten waren aufgeraucht und mein Vater ging wieder an seine Arbeit, ich zurück zu der Werkbank. Bei der nächsten Gelegenheit erzählte ich dem Lehrherrn, dass mein Vater der Änderung des Lehrvertrages zugestimmt habe.

Wer jetzt glaubt, ich hätte, was das Rauchen angeht, zu Hause leichtes Spiel gehabt, der täuscht sich. Mein Vater, der schon kurz nach 14 Uhr Feierabend hatte – ich erst um 16 Uhr – erzählte meiner Mutter nichts von der Begegnung in der Lehrwerkstatt. Als mir das klar wurde, erwähnte ich natürlich unser Treffen auch nicht. Schließlich wollte ich meinen Vater nicht verpetzen, dass er mir erlaubt hatte, in seinem Beisein zu rauchen. Öffentlich und nicht versteckt hinter Mauern.

Nach und nach überzeugte mein Vater meine Mutter, dass es Unsinn sei, mir das Rauchen zu verbieten, da ich in der Arbeitswelt diese Untugend ausleben könne. Mit dem Hinweis, dass ich aber nicht zu Hause rauchen dürfe, erlaubte sie es mir dann. Endlich hatte das Verstecken der Zigaretten ein Ende.

Aus meiner Sicht war es eine kleine, aber bedeutungsvolle Rebellion.

Mannesmann und die Handwerkskammer stimmten dem Antrag meines Vaters auf Änderung des Lehrvertrages zu, und ich durfte den Schlosserberuf erlernen.

Aber es dauerte nicht lange, da musste ich meine Zigaretten wieder verstecken. Nicht meiner Mutter wegen, sondern weil mein älterer Bruder meinte, alles, was sich in der Wohnung befände, wäre auch seins.

Der Wald

Im Wald kehrte Ruhe ein. Nur das abendliche Blätterrauschen, das Wiegenlied des Waldes, war zu hören. Und das Zwitschern der vielen Waldvögel als Begleitung. Die Nacht atmete Stille und Frieden, ohne dass der Wald Angst verspürte. Die Stadt blieb ihm fern.
Doch das sollte sich bald ändern.

An einem Montag sah der Wald Fahrzeuge auf sich zu fahren. Kleine städtische Transporter.

Sofort war die Angst da. Ein Bedrohungsgefühl, das er schon oft hatte, wenn er Autos sah, die ständig blinkende gelbe Lampen auf dem Dach trugen.

Die Stadt kam immer näher. Diesmal bedrohlich nah. Er sah und hörte sie, vernahm ihre furchtbaren, dröhnenden Motoren. Männer riefen sich Kommandos zu, und dann erklang das Geräusch des Todes.

Am Waldesrand hatten die Kastanien ihre Frucht mit der Hilfe des Windes weit herumgeschleudert. Vorgelagert war so ein Wäldchen entstanden. Der Wald versuchte auf diese Weise, ein wenig von dem Land zurückzugewinnen, das der Mensch ihm auf der nördlichen Seite schon abgenommen hatte.

Eigentlich liebte der Wald den Montag. Er war der Beginn einer Arbeitswoche. Keine Zeit mehr für die Menschen zum Joggen oder Radfahren.

Während sie am Wochenende in Scharen kamen: die Sportler, die Wanderer und die Spaziergänger mit ihren Hunden. Für den Wald waren es nur Unholde, die mit der Natur schändlich umgingen.

Die Spaziergänger achteten nicht immer auf die Wege. Die Jogger stampften mit ihrem Gewicht den Boden fest. »Dom! Dom! Dom!«, hallte es dann im Wald. Jeder Schritt, immer ein kleiner Sprung, erschütterte den Waldboden unter den Läufern. Da, wo Insekten den Humus aufarbeiteten, wurde rücksichtslos herumgetrampelt. Kleine Pflanzen, die es geschafft hatten, sich durch den Boden zu kämpfen, wurden einfach zerstampft.

Die Radfahrer mit ihren Mountainbikes sahen den Wald als ihr Reich an. Abseits der befestigten Wege überfuhren sie die herausstehenden Wurzeln der Bäume. Keiner von ihnen dachte darüber nach, dass es den Baum nicht nur schmerzte, sondern zudem rücksichtslos seine Lebensadern beschädigte.

Von Montag bis Freitagmittag wurde es wieder leise im Wald. Nur wenige, meist alte Leute suchten den Ort der Ruhe auf. Zweigeselligkeiten, in Gedanken und ernsten Gesprächen vertieft, waren sie gern gesehene Gäste. Künstler, die sich niederließen und sich von Sträuchern, Farn oder dem Lichtspiel der Sonne durch die Blätter der Bäume inspirieren ließen.

Früher, ja früher waren viele Menschen unter der Woche

im Wald. Es kamen Eltern mit ihren Kindern. Das Lachen gesellte sich zu den Gesängen von Amsel, Drossel, Fink und Star.

Der Wald freute sich, wenn Kinder im Wald waren. Die Vögel erwiderten das Lachen mit ihren Vogelstimmen. Ja, als wenn es einen Wettstreit zwischen ihnen gäbe.

Sie spielten mit dem Laub, das dadurch auf natürliche Weise gewendet wurde. Sie sammelten Blätter, um sie zu trocknen. Aus Eicheln und Kastanien bastelten sie zu Hause Figuren.

Abends, wenn die Sonne sich auf den Heimweg begab, endete auch für die Familien der Tag. Salatdosen und das Butterbrotpapier wieder eingepackt, verließen sie den Wald, wie sie ihn am Morgen vorgefunden hatten. Es kehrte wieder Ruhe ein. Nur das Rauschen des Windes umkreiste die Baumwipfel. Der Wald ruhte.

Heute gehen die Kinder in die Kitas, weil ihre Eltern gezwungen sind, zu arbeiten. Keine Zeit, die Natur kennenzulernen. Den Wald zu riechen und zu fühlen.

Wehmütig erinnert sich der Wald an die vielen Verliebten, die die Ruhe und Verschwiegenheit des Waldes aufsuchten. Der Wald als Schmiede des jungen Glücks. Auch wenn es etwas schmerzte, als so manches Pärchen sich mit seinen Initialen in der Rinde eines Baumes verewigte.

Der alte Teich, der in einer Senke des Waldes vor sich hinsiecht, bekommt nun schon lange keinen Besuch mehr.

Niemand, der einen Stein wirft, um zu sehen, wie oft er auftischte, bevor er im Wasser versinkt. Keiner, der mit einem Stock das Moos vertreibt, um anschließend mit den nackten Füßen ins erfrischende Nass zu waten. Nein, Verliebte und Kinder kommen kaum noch in den Wald. Die einzigen Gäste, die der Teich begrüßen darf, sind Frösche. Und die auch nur zur Laichzeit.

Die Männer aus den Fahrzeugen mit den blinkenden, gelben Lichtern waren da. Die Geräusche der Motorsägen übertönten alle Gesänge des Waldes.

Der Wald sah voller Traurigkeit, wie einige seiner Bäume dem Fortschritt zum Opfer fielen. Wie die Äste und Blätter in dem Schredder verschwanden und als Späne auf den Boden fielen.

Es waren seine Kinder, seine Zukunft, die den dröhnenden Maschinen der Menschen zum Opfer fielen.

Integration leicht gemacht

Wir schreiben das Jahr 1979. Es ist die Zeit der Stahlindustrie und deren Wachstums. So auch bei Mannesmann in Düsseldorf-Rath. Doch ohne Mitarbeiter geht das nicht. Und in Düsseldorf, ja in ganz NRW, gab es kaum noch Arbeiter ohne Beschäftigung.

Die Arbeitslosenquote lag damals bei 3,8 %.

Der Personalchef von Mannesmann in Rath sandte Mitarbeiter samt Dolmetscher und Reisebus los, um in anderen Ländern Menschen als Arbeitskräfte nach Deutschland zu holen. Sie fuhren nach Italien, Jugoslawien, Griechenland und auch in die Türkei.

Immer mit dabei: Arbeitsverträge, Visum und Bargeld. So bekamen die neuen Arbeiter schon allein für ihre Bereitschaft, in unser Land zu kommen, den ersten Lohn und hatten eine Überbrückung für ihre Familien.

Auf einem freien Feld, direkt am Werksgelände, wurden Wohncontainer aufgestellt, in denen diese neuen »Mannesmänner« untergebracht wurden. Jeweils drei Menschen teilten sich solch einen Schlafcontainer. Wer zu uns kam, wurde eingeteilt. Wo noch Platz war, wurde das Bett belegt. Egal, welcher Herkunft der Mann war. Er war jetzt ein Mannesmann-Mann.

Genau wie sein Zimmergenosse. Aus welchem Land er kam, war unwichtig. Der Neue wurde herzlichst begrüßt und war natürlich auch sofort in der Gewerkschaft. Dafür hatte der Betriebsrat gesorgt, der auf dem Laufzettel des Einstellungsvorgangs an zweiter Stelle stand. Alle waren sie nun IGMetaller, gehörten von nun der Industriegewerkchaft Metall an.

WC und Duschen waren in gesonderten Containern auf dem jeweiligen Gang. Mittagessen gab es für kleines Geld in der Firmenkantine. Denn diese Leute wollten hier nicht in Saus und Braus leben. Sie waren nur zum Arbeiten hier, um ihre Familien in der Heimat zu versorgen.

Für sie war es wichtig, dass es eine Zahlstelle gab, die ihnen dabei half, den Großteil ihres Verdienstes in die Heimat zu senden. Sie alle hatten den Ansporn, möglichst viel davon nach Hause zu schicken. Wenn es ihnen zu wenig erschien, machten sie im nächsten Monat mehr Überstunden, um dann mehr überweisen zu können.

Unter den vielen Menschen, die zu uns kamen, möchte ich von vier Beispielen berichten, die widerspiegeln, wie Menschen aus fremden Ländern damals bei Mannesmann aufgenommen wurden.

Da war zum einen Anton aus Italien. Von ihm lernten wir, wie richtige Pizza gemacht wird.

Er erkannte, dass einer der Wärmeofen, die in den Produktionshallen standen, auch zum Pizzabacken geeignet war. Dieser Ofen hatte eigentlich die Funktion, Kunststoffringe zu erwärmen, sie zu weiten, damit sie dann auf ein Rohr gezogen werden konnten. Nach dem Abkühlen zogen sich die Dichtungsringe wieder zusammen und saßen fest in einer Nut. So konnten Rohre zusammengeschraubt und abgedichtet werden.

»Meister, das ist toller Ofen. Kann man machen gute Pizza. Muss machen, aber bitte Bleche, Gitter, nix gut für Teig.«

Unser Schlosser stellte also passende Backbleche her und Anton bekam Geld aus der Produktionskasse für die Zutaten für die erste selbst gemachte italienische Pizza auf einem Mannesmann Gelände. Die Kasse war für Notfälle, die jede Abteilung damals hatte. Damit konnte beispielsweise einem Mitarbeiter Geld zu Verfügung gestellt werden, um schnell nach Hause zu fliegen, wenn in seiner Familie etwas geschehen war.

Anton kaufte von diesem Geld Mehl, Hefe, Salami, Käse und einige andere Zutaten. Vor allem eine große Menge an Knoblauch. Bereits nach einer Woche roch es nicht mehr nach Stahl und Öl in der Halle, sondern wie in einer Pizzabude und ordentlich nach Knoblauch.

Darunter litten die deutschen Kranfahrer am meisten, da sich dieses italienische Aroma insbesondere unter der Decke sammelte. Es blieb mir also nichts anderes übrig, als die Pizza-Produktion drastisch zu drosseln.

Ein weiterer nennenswerter Mensch war Mustafa aus der Türkei.

In unserem Werk gab es einen Verpflegungswagen. Der fuhr durch das ganze Werk und verkaufte Zigaretten, Süßigkeiten, Kaffee, belegte Brötchen und auch eine schöne Knackwurst mit einem ordentlichen Schlag Senf. Der Besitzer dieser fahrenden Versorgungsstation namens Jupp war in mehreren Sprachen fit. So konnte er mit seinen ausländischen Kunden plaudern und Späße machen. Beliebt war er auch deswegen, dass er Zeitungen aus den Heimatländern der Arbeiter führte. Nicht immer die aktuellen, doch das störte nicht. Heimatliche Informationen in einem fremden Land, unwichtig von wann, waren sehr beliebt.

Mustafa war Muslim und durfte natürlich kein Schweinefleisch essen. Dennoch liebte er diese Knackwurst über alles. Also schickte er einen Kollegen, einen Nichtmohammedaner, zum Wagen, um dort für ihn die Wurst zu kaufen. Die wurde von Jupp in Alu-Folie gewickelt. So hätte das auch ein belegtes Brötchen mit Käse sein können. Natürlich befanden sich auch Muslime unter den Kollegen, die es Mustafa übelgenommen hätten, hätten sie ihn beim Essen einer Knackwurst ertappt. Es gab sogar Strafen für solche Verstöße.

Mustafa ging also in einen Hydraulikkeller, der unter einer dicken Schicht von Beton lag und wartete dort auf sein falsches Brötchen. Dort aß er dann seine geliebte Knackwurst mit viel Senf: »Allah kann nicht gucken durch

Beton.«

Dann war da noch Garcia aus Griechenland. Er war eingestellt worden, um Postgänge zu erledigen. Doch es waren weite Wege durch das große Gelände des Werkes. Kurzerhand bestellte ich ihm ein Werksfahrrad. Das ging damals ohne großen Bürokratismus. Soweit so gut. Doch Garcia hatte noch nie auf einem Fahrrad gesessen. Er kam von einem Bauernhof und wurde nahezu direkt vom Feld in die Großstadt geschickt.

Als Meister erklärte ich ihm also nicht nur seine Aufgabe, sondern brachte ihm auch das Fahrradfahren bei. Er machte später auch noch den Führerschein für Elektro-Fahrzeuge und verteilte damit zusätzlich die Post zwei anderer Abteilungen.

Eines Tages war das Fahrrad verschwunden.

Garcia hatte mehrere Söhne und berichtete nach einem Heimaturlaub voller Stolz, dass seine Söhne jetzt auch Fahrrad fahren könnten. Er musste von da an wieder einige Wege zu Fuß zurücklegen.

Es gibt noch jemanden, den ich erwähnen möchte. Milan aus Jugoslawien.

Er kam zu einer Zeit, als es kalt war, und musste mit anderen draußen in der Kälte Rohre verladen. Milan sah den Stapel mit defekten Holzbrettern und die fast einen halben Meter dicken Schrottrohre.

Er fragte mich, ob er eines dieser Rohre haben könne. Er

wolle es auf eine bestimmte Länge sägen lassen. Ich kam der Bitte nach, da es für diese Rohre ohnehin keine Verwendung mehr gab. Unter der Stahlsäge wurde das Rohr in Stücke gesägt und diese auf die von ihm gewünschte Länge gebracht. Milan bat unseren Schlosser, ein paar Löcher in die Rohrwände zu bohren. Die so präparierten Rohrstücke verteilte er auf dem Verladeplatz, stellte sie auf kleine Stahlplatten und füllte sie mit zurecht gesägtem Schrottholz. Vom Trecker wurde etwas Diesel abgezapft, und schon brannten und wärmten diese Öfen die frierenden Mitarbeiter.

Immer mehr solcher Anfragen kamen von anderen Betrieben und schon bald gab es weder Schrottrohre noch Reste von Verladehölzern. Im ganzen Werk gab es allerdings nun diese Milan-Öfen.

Auch heute treffe ich in Rath noch ehemalige Kollegen. Wir freuen uns, wenn wir uns sehen. Wir erinnern uns gemeinsam an diese Zeit, an unsere Zusammenarbeit, an unsere Namen und an ihren Mut, zu uns zu kommen.

Durst

Der Seemann hat den Durst nicht erfunden,
jedoch hat er das Meer als Heimat gewählt.

Die Sehnsucht kommt, genau wie der Durst,
sie treibt ihn wieder nach Haus.

Das Meer ist stark, es zieht ihn erneut hinaus,
der Ablauf beginnt von Neuem.

Der Seemann hätte er das Meer geschaffen,
so hätte er auch den Durst erfunden.

Anzugsordnung

Wir schreiben das Jahr anno 1975. Genauer gesagt, Ende April 1975. Seit fast drei Monaten bin ich bei der Bundeswehr. Über den Satz im Einberufungsbescheid hatte ich mich gefreut: *Bitte melden Sie sich am 2. Januar im Marinestützpunkt Bremerhaven. Ihre Fachrichtung ist 28er, elektronische Kampf-Ausbildung.*

Ich kam zur Marine! Sah mich schon mit einem der schönen Zerstörer durch die Weltmeere schippern. Ahoi!

Doch die Wirklichkeit holte mich schnell ein. Bei der Einkleidung gab es einen Seesack, voll mit olivfarbener Kleidung. Keine schöne blaue Uniform mit weißer Tellermütze.

Dann ging es los: Marschieren, marschieren. Immer begleitet, mit dem Befehl: Links, links, links, zwo, drei, vier, links. Jeden Tag, nach dem Frühstück und nach dem Mittagessen.

Dann bekamen wir unsere „Braut". Das Gewehr G3. Kaum bekommen, durften wir es auch schon benutzen. Schießübungen in Altenwalde. Drei Tage wurde dort geübt.

Wir lernten, uns zu verstecken (tarnen), sich zu verbuddeln (eingraben) und hinlegen. Aufstehen durften wir mit dem Ruf: »Sprung auf, Marsch, Marsch.« Wir lernten auch, wie es ist, in einem nebeligen Raum mit einer Gasmaske zu atmen. Das Versteckspiel unter einer ABC-

Decke machte nicht allen Spaß. Nicht im Regen in einer völlig durchweichten und viel zu schmalen Ackerfurche.

Wieder in der Behausung durften wir unser Gewehr reinigen. Auch dabei lernten wir viel Neues. Der Vorgesetzte machte uns nach dem Reinigen klar, dass in dem Rohr des Gewehres noch genügend Schmutz vorhanden sei, dass sich ein ganzer Elefant darin verstecken könnte.

Wir durften auch durch den Wald wandern. Zuerst nur fünf Kilometer. Als wir uns würdig erwiesen, durften wir uns zehn Kilometer frei im Gelände bewegen. Und zur Krönung der sechswöchigen Ausbildung 20 Kilometer.

Danach durften wir unser Oliv wieder abgeben.

Und endlich war es so weit. Wir bekamen unsere blaue Uniform. Dazu das weiße Tackelpäckchen. In Kreisen außerhalb der Marine auch schon mal Donald-Duck-Anzug genannt.

Anstelle von Matsch und Marschieren gab es nun jeden Tag Unterricht. Jetzt hieß es, den Kopf anstrengen. Schließlich wollten alle den ATN (Ausbildungs-Teilnahmenachweis) bekommen. Denn nach der Note dort wurden später die Kommandos verteilt. Eine Eins in der ATN bedeutete Gorch Fock. Eine Zwei, und es ging auf einen Zerstörer usw. Nicht wenige landeten auf einem Aussichtsturm wie dem in Neustadt in Schleswig-Holstein.

Die drei Monate Grundausbildung waren wie im Fluge vergangen, und wir fieberten der Vereidigung entgegen. Allerdings mussten wir dafür mal wieder marschieren. Aber nur von der Baracke bis zum großen Kasernenplatz.

Geübt wurde immer in der „Zweiten Geige": Klapphose mit zwei Umschlägen, Seestiefel, blaue Bluse mit blauem Kragen und Seemannsknoten. Dazu das blaue Schiffchen.

Für die eigentliche Vereidigung musste man die erste Geige anziehen. Eine für jeden maßgeschneiderte Uniform, die wie eine zweite Haut saß: Schwarze Halbschuhe, blaue Klapphose, weiße seidene Bluse, weiß-blauer Kragen, Seemannsknoten und Tellermütze.

Jeder bekam an dem Wochenende vor der Vereidigung noch einmal frei und durfte nach Hause. Viele nahmen ihre Sachen zur Reinigung mit, um sie dort auf Vordermann bringen zu lassen.

Der Tag der Vereidigung war gekommen. Kurz nach dem Frühstück werden wir aufgefordert, uns für das große Ereignis herzurichten.

»Ach du Schande, ach du Schande!«, ruft Charly, ein Mitbewohner in unserer Stube. Seine Stimme hört sich nicht gerade glücklich an.

»Was ist los, was ist passiert?«

»Ich habe meine Hose und Bluse zu Hause gelassen. In der Tasche sind sie nicht.«

Wir schauen alle nochmals genau nach. Auch in seinem Spind suchen wir nach blau-weiß. Doch es findet sich nichts.

»Du bist aber auch ein Schussel«, bemerkt Oliver, ebenfalls ein Stubenkamerad.

»Was mache ich denn jetzt?«

»Keine Ahnung«, ist die einhellige Meinung. Doch nach wenigen Minuten kommt Dietmar, einem weiteren Zimmergenossen, die zündende Idee.

»Zwei Türen weiter ist doch jemand fußkrank, der und die anderen Kranken werden doch morgen im Sanitätsbereich vereidigt. Vielleicht leiht er dir ja seine Uniform? Fragen kostet ja nichts. Wird dich allerdings mehr als nur Überredungskünste kosten, denke ich mal.«

»Ja, ich weiß. Aber mehr als zehn Mark habe ich nicht.«

Zwei von der Stube und Charly machen sich auf den Weg zum Nachbarn. Der zeigt sich bereit, zu helfen und er ist mit zehn Mark für das Ausleihen einverstanden. Allerdings pro Teil. Wir pumpen unserem Charly das Geld, und schon ist das Problem gelöst.

Doch nicht ganz. Denn der Leihmann hat nicht ganz die Größe von Charly und ca. zehn Kilo weniger um Hüfte und Bauch. Doch mit vereinten Kräften schaffen wir es, und Charly ist angekleidet.

Keine Sekunde zu spät, denn schon heißt es: »Antreten!«

Zum Glück kann sich Charly unauffällig in die Mitte der

drei Reihen unserer Gruppe einordnen, und es fällt auch nicht auf, dass die Hose zu kurz ist und die Knöpfe daran drohen, sich selbstständig zu machen.

Gemeinsam geht es nun im gelernten Marsch zum Platz. Charlys Gang ist dabei mehr als merkwürdig. Er kann die Beine kaum bewegen, da die Hose auch seinen Schritt dermaßen einengt, dass es ihn sichtlich schmerzt. Dass er kaum atmen kann, kommt noch hinzu.

Das sieht schließlich auch der Maat, der uns zum Platz führen soll. Er lässt den Zug anhalten und Charly raustreten.

Bei genauerer Betrachtung wird er zuerst rot, dann grün und schließlich blau im Gesicht. Den ersten Satz, mit dem er wutentbrannt den in angesagter Kleidung, aber nicht nach ZDV (Zentraler-Dienst-Vorschrift-Anzugsordnung) dastehenden Marinesoldaten bedenkt, erwähne ich hier lieber nicht.

»Sofort zurück in die Stube, und da werden Sie bleiben, bis ich sage, dass Sie da wieder raus dürfen.«

Charly macht sich mit hängendem Kopf auf den Weg zur Baracke. Und als wir ihn so zurückhumpeln sehen, ist es mit unserer Beherrschung aus. Wir lachen, bis uns der Bauch schmerzt.

Er geht, als hätte er mehr als nur etwas Schmales in seinem Hintern, und macht mit seinem Gang jeder Sexbombe Konkurrenz. Dazu sein starrer Oberkörper. Eine

Augenweide für jeden Vorgesetzten.

Leider dürfen wir nicht weiterzusehen, wie er sich zur Baracke quält, und müssen ohne Charly zum großen Kasernenplatz marschieren.

Unter den Augen vieler Verwandter werden wir vereidigt und feiern anschließend in der Kantine mit den Angehörigen und Vorgesetzten.

Nach einiger Zeit nehme ich mir ein Herz, schnappe mir einen Teller und fülle ihn mit leckeren Sachen. Stülpe eine Plastiktüte darüber und besuche meinen mit Stubenarrest belegten Kameraden.

Der freut sich über das Essen, aber noch mehr darüber, dass nun jemand da ist, der ihm helfen kann, die Bluse wieder auszuziehen.

Das Manuskript

Eigentlich sollte es nur eine Kurzgeschichte werden, die er für die Teilnahme an einer Anthologie schreiben wollte. Eine kleine Romanze zwischen zwei älteren Menschen. Schnell waren die Namen für die beiden Protagonisten gefunden. Der Mann hieß ab sofort Willi und die Frau taufte der Autor auf den Vornamen Erna. Zwei Namen aus früherer Zeit, in der sie modern waren, die zu den beiden passen sollten.

Fing das Schreiben zuerst schleppend an, entwickelte sich dann doch eine Dynamik – ein Blatt nach dem anderen wurde gefüllt. Immer mehr fesselten die beiden Alten den Schreiberling an den Schreibtisch. Essen, Trinken, alles wurde unwichtig. Willi und Erna nahmen ihn in Besitz und führten seine Hand. Alle seine Gedanken drehten sich nur um die beiden. Sie führten plötzlich ein Eigenleben und brachten ihre angetrauten Partner ins Spiel und die Schreibfessel wurde ein weiteres Mal enger.

Mehr als einmal forderte die Ehefrau des Autors ihn gegen Mitternacht auf, das Schreiben zu beenden und zu Bett zu gehen. Doch das war nicht so einfach umzusetzen, denn Erna und Willi zwangen ihn, sich endlich kennenlernen zu dürfen. Hierzu wählten sie eine Sauna als Treffpunkt.

Da der Autor selbst ein begeisterter Saunagänger war, fiel es ihm recht leicht, dass die beiden sich dort wohlfühlten.

Erna brachte ihn dazu, ein Kapitel zu schreiben, bei dem sich die beiden verliebten. Als Liebespaar dachten sie sich Szenen beim Saunabesuch aus, die haarsträubend waren.

Um ihre neue Liebe vollends ausleben zu können, wurden ihre Partner kurzerhand krank.

Zwei, drei Kapitel später bestanden die zwei darauf, ihre Ehepartner sterben zu lassen. Das behagte dem Autor gar nicht, doch die beiden ließen seiner Schreibhand keinen anderen Text zu. Schließlich gab sich der Autor geschlagen, und seine Finger schrieben die von Erna und Willi diktierten Texte.

So geschah es, dass der lungenkranke Ehemann von Erna einen bizarren Tod starb. Sex mit der jungen Haushaltshilfe war zu viel des Guten für den schon recht alten Herrn gewesen. Noch makabrer schied die Angetraute von Willi aus dem Leben. Wegen falscher Medikamenten-Verabreichung während des Kuraufenthaltes fiel die gute Frau ins Koma. Willi erlöste sie und ließ nach wenigen Wochen die Geräte mittels Patientenverfügung abschalten.

Nun gaben sich Witwe und Witwer hemmungslos dem Sex hin, sodass dem Autor selbst heiß wurde.

Nach vier Wochen, in denen die Herrschaften frivol ihre neuen Freiheitsfreuden genossen, ließen Erna und Willi zu, dass der Autor das Wort Ende unter dem Text setzen durfte. Zeitgleich mit dem Schreiben des Wortes Ende fiel auch der Bann ab, und er konnte das Manuskript aus der

Hand legen. Schnell nahm er es und steckte es in die unterste Schublade.

Der Schreiber wandte sich jetzt wieder dem normalen Leben zu. Einige liegen gebliebene Arbeiten wurden endlich ausgeführt. In seiner Stammkneipe wurde er herzlichst begrüßt. Hatten doch einige gedacht, er wäre ernsthaft erkrankt und deshalb so lange nicht gekommen.

Das Leben normalisierte sich, bis er am Schreibtisch den Drang spürte, eine der Schubladen zu öffnen. Und zwar die, in die er Willi und Erna verbannt hatte. Zwei Tage schaffte er es, die Schublade zu ignorieren, dann zog er sie am frühen Morgen auf. Kaum, dass er das Manuskript in der Hand hielt, merkte er, wie Willi und Erna erneut Macht über ihn bekamen. War es Zufall, dass sein Verleger ihn anrief und ihm mitteilte, dass sein letztes Buch es in die oberen Zehn der bestverkauften Bücher des Verlages geschafft hatte?

Nach den Glückwünschen und einigen Terminabsprachen wollte der Buchproduzent ihm einen schönen Tag wünschen. Doch der Autor unterbrach ihn und erwähnte Erna und Willi und dass er ein fertiges Manuskript auf dem Tisch liegen habe. Am anderen Ende hörte er einen Jubelschrei.

»Das ist doch wunderbar. Her zu mir und ich sorge dafür, dass es noch rechtzeitig vor der Buchmesse korrigiert und lektoriert wird.«

Der Verleger war nicht mehr zu bremsen: »Wenn alles planmäßig läuft, präsentieren wir Erna und Willi unseres Erfolgsautors bereits auf der Messe in Wien!«

Natürlich freute sich nun auch der Autor über die Möglichkeit, dass ein Werk von ihm auf der Buchmesse unter der Rubrik Neuerscheinung präsentiert werden sollte. Nach dem Telefonat legte er seine Hand auf das Manuskript und wünschte Willi und Erna viel Erfolg mit ihrer Geschichte. Er lehnte sich zufrieden zurück und schloss die Augen. Da glaubte er, ein leises Lachen zu hören und danach den Schmatzer eines Kusses. Jetzt lächelte auch der Schreiberling und war sich sicher, dass die beiden ihren Weg gehen würden.

Doppel-Moral

Auf der letzten Eigentümer-Versammlung war er einer der Lautesten, die zustimmten, als es hieß, von der Regierung zu fordern: »Alle Ausländer raus und totalen Flüchtlings-Einwanderungsstopp!«

Im Saal des Lokals „Lecker Dröpke" hatte sich eine Diskussion entwickelt, weil ein Eigentümer seine Wohnung an eine indische Familie vermietet hatte. Nicht wenige reagierten sehr ärgerlich darauf, schließlich habe man die Wohnung in dem Haus gekauft, um in einem gesitteten Umfeld zu wohnen.

Da spielte es auch keine Rolle, dass der neue Mieter ein Computerspezialist und seine Frau Ärztin war.

Der Hinweis, die neuen Mieter seien Ausländer, reichte einigen, um dieser Familie das Mietrecht zu verweigern, wenn nicht sogar, sie gleich ausweisen zu wollen.

Der Vermieter, selbst nicht anwesend, hatte den Passus in der Satzung genutzt, der besagt, dass es dem jeweiligen Eigentümer obliege, seine Wohnung zu vermieten, wenn er für die Mieter bürgen würde.

Das hatte der Besitzer der Wohnung schriftlich hinterlegt. Alle durch den Mieter entstehenden Kosten waren daher durch den Eigentümer abgesichert und es gab somit keine gesetzliche Grundlage gegen eine Vermietung an das Ausländerpaar. Zudem sprachen sich auch einige der

Eigentümer freundlich über die neuen Mieter aus.

Aber für Herrn Holder war und blieb das Mietverhältnis ein klarer Verstoß gegen die Gepflogenheiten der Eigentümergemeinschaft, und er verurteilte den Vermieter dieser Wohnung aufs Schärfste. Wie immer im Leben stimmten ihm einige zu, andere nicht und die Uninteressierten verließen die Versammlung.

In Holders Mehrfamilienhaus, außerhalb der Stadt und weit weg von seiner Eigentumswohnung, wurde eine Wohnung frei. Frau Noglich, eine ältere Dame, war verstorben.

Stefan, ein junger Mann, der neben ihr wohnte, hatte die Polizei informiert. Als die wöchentliche Bestellung für den Einkauf ausblieb, den er für sie erledigte, betrat Stefan die Wohnung. Schon lange hatte er einen Wohnungsschlüssel, für alle Fälle.

Es schien so ein „Fall" eingetreten zu sein, und so rief er nach ihr, als er in den Flur trat. Doch er bekam keine Antwort.

Stefan fand die Frau in ihrem Bett. Es schien, als würde sie schlafen. Erst leise, dann lauter sprach er sie an, und als keine Reaktion kam, schüttelte er sie am Arm. Da bemerkte er, dass der Arm kalt und die alte Dame offenbar tot war.

Er informierte die Polizei, und wenig später kam nicht nur die, sondern auch ein Notarzt. Aber auch der konnte nur noch den Tod der Frau feststellen.

Nachdem Stephan seine Aussage gemacht hatte, konnte er in seine Wohnung zurückkehren.

Herr Holder informierte die zuständige Behörde, dass sie die Wohnungsauflösung übernehmen müsse, da sich wohl kein Erbe finden ließe. Ein Mitarbeiter der Stadt wies Herrn Holder darauf hin, die Sache ließe sich ganz einfach erledigen und kündigte ein Schreiben an ihn an, wie er als Vermieter mit dem Nachlass von Frau Noglich am günstigen für alle umgehen könne.

Tatsächlich hielt er wenige Tage später ein Angebot der Stadt in der Hand. Obwohl das, was er da zu lesen bekam, sehr interessant war, störte ihn der ein oder andere Passus. Deshalb wandte er sich persönlich an einen Mitarbeiter der Stadt.

In Herrn Bakkus fand er einen Ansprechpartner, der seine Fragen beantworten konnte und seine Belange berücksichtigen würde. Nach einer sich länger hinziehenden Unterhaltung kam es zu einer Einigung.

Herr Holder würde die Wohnung an das Sozialamt vermieten. Für einen Mietpreis, der über dem üblichen Quadratmeterpreis lag. Die Möbel und der Hausrat würden nicht entsorgt, sondern nach dem Unterzeichnen der Dokumente in den Besitz der Stadt übergehen. Die Wohnung könnte dann sofort möbliert vermietet werden. Ein Vorteil, den die Stadt gerne nutzen würde. Den Ausfall der Mieten und Nebenkosten während der Übernahme würde Herr Holder von der Stadt ersetzt bekommen. Er müsse sich aber verpflichten, einen Mietvertrag zu unterschreiben, dass die Stadt bestimmen könne, wer in seine Wohnung einzieht. Das war allerdings ein Punkt, der Herrn Holder gar nicht behagte.

Auf die Frage, wer denn wohl die nächsten Mieter sein würden, antwortete der Mitarbeiter der Stadt: »Asylsuchende aus Syrien. Eine Familie mit vier Personen. Der Vater hat schon Aussicht auf eine Arbeitsstelle und so sind sie bereits in dem Status „geduldeter Asylanten". Dadurch hat die Familie Anspruch auf eine Wohnung.«

Da wäre es gut, wenn die Stadt diese Wohnung möglichst samt Inventar übernehmen könnte. Auch um Kosten zu sparen, denn in einem solchen Fall bestehe für Flüchtlinge der Anspruch auf Mobiliar und Haushalt. So könne er als Vermieter einen Beitrag leisten, der Stadt Kosten zu ersparen.

Ein Hohn aus der Sicht von Herrn Holder, denn diese Option bekommt nicht jeder Arbeitssuchende, der ebenfalls Aussicht auf einen Job hat. Der muss sich mit weniger Anspruch zufriedengeben.

Sofort brachte Herr Holder seine Bedenken ein. Er habe bisher in seinem Mietshaus keine Ausländer geduldet und damit sehr gute Erfahrungen gemacht. Die Wohnungen seien in gutem Zustand, das Treppenhaus unbeschädigt und das Umfeld sauber.

Von anderen Vermietern, die auch an Ausländer oder Asylberechtigte vermieten würden, wisse er, dass die ständig Ärger hatten. Die Kosten für Reparaturen würden dort fast den gesamten Mietzins verbrauchen.

Herr Bakkus schwieg zu Holders Aussagen, obwohl er von dessen Haus und seinem Umfeld einen anderen Eindruck gewonnen hatte. Drei der Mieter dort waren seine „Kunden" und bezogen Mietzuschuss.

Tief seufzend nahm der Beamte das gerade aufgesetzte Schreiben und sah Herrn Holder nachdenklich an.

»Die Wohnung würde gut passen, und wir wären ein Problem los. Da will ich Ihnen etwas entgegenkommen.«

Dann begann er, den Text an einigen Stellen zu ändern. So setzte er eine Übernahmesumme von 2.000 Euro für das Inventar ein, obwohl es gar nicht Herrn Holders Eigentum war. Auch der Mietpreis wurde deutlich erhöht.

Herr Holder vergaß bei diesem Angebot schnell seinen Hass auf Asylsuchende und unterschrieb freudig den Mietvertrag für nunmehr fast ein Drittel mehr Miete, die künftig jeden Monat pünktlich vom Staat überwiesen würde. Was die anderen Mieter in seinem Mietshaus nicht immer gewährleisteten, obwohl es „redliche Deutsche" waren.

Dazu der gesparte Ärger wegen der Entsorgung der Inneneinrichtung, die er nun sogar verkauft hatte. Sogar die

Renovierung der Wohnung entfiel. Die werden auch nicht schlechter als die anderen Mieter sein, redete er sich schließlich die neuen Mieter gut.

Herr Bakkus war ebenfalls zufrieden. Er hatte eine Wohnung für eine Familie, die schon länger auf der Warteliste stand und dringend untergebracht werden musste.

Dass dieser Erfolg die Stadt mehr als nur ein paar Euro kosten würde, nahm er in Kauf. Für ihn zählte der Erfolg, koste es, was es wolle, und den konnte er vorweisen.

Dass Frau Noglich eine Vierzimmerwohnung bewohnt hatte, passte wirklich recht gut. Bei einer auskömmlichen Rente und mit der Pension ihres Mannes hatte sie diese Wohnung aus gemeinsamer Zeit auch nach seinem Tod halten und sich sogar einmal im Monat eine Reinigungskraft fürs Grobe leisten können. Da keine Kinder vorhanden waren, hatte sie die beiden Kinderzimmer als Arbeits- und Künstlerzimmer nutzen können.

Herr Holder war schon traurig, so eine Mieterin verloren zu haben, doch die Aussicht auf den kommenden Mietzins ließ seine Trauer schnell schwinden.

Insgeheim rechnete er schon hoch, was er einnehmen könnte, wenn er alle Wohnungen an die Stadt vermieten würde. Denn diese Option hatte Herr Bakkus ihm in Aussicht gestellt, sollte mal wieder eine Wohnung bei ihm frei werden. Sie seien ideal für die wartenden, neuen Bürger von Deutschland. Vier Zimmer und außerhalb der Stadt.

Und so interessierte sich Herr Holder auf einmal sehr für das Alter und den Gesundheitszustand der Mieter in seinem Haus. Er kannte ja alle, und es waren auch einige Betagte darunter.

Wie angekündigt vermietete das Sozialamt die Wohnung an die ausländische Familie. Sehr zum Ärger der anderen Mieter. Ausschließlich deutscher Herkunft, wie Herr Holder ja dem Sozialmitarbeiter im Gespräch versichert hatte. Allerdings auch nicht alle Vorzeige-Familien. Arbeitslose, Hartz-IV-Empfänger und Leute aus dem unteren Lebensbereich.

Oft gab es Krach im Haus. Zum Beispiel wegen des Mülls, den einige neben der Mülltonne abstellten, obwohl diese noch Platz hatte. Zu laute Musik, Schlägereien innerhalb der Familie oder mit den Nachbarn. Mehrmals musste sogar die Polizei anrücken, um wieder Ordnung zu schaffen.

Nur die alten Mieter hatten ein Niveau, was man als „ordentliche Mieter" bezeichnen konnte. Frau Noglich war so eine gewesen.

Im Haus wurde schnell bekannt, dass nun Asylsuchende einziehen würden. Es gab Protestbriefe, in denen auch Drohungen ausgesprochen wurden.

Bei zweien dieser Briefe hatten die Leute sogar mit ihrem Namen unterschrieben. Deshalb schaltete Herr Holder die

Polizei ein und erstattete Anzeige. Zudem teilte er ihnen über einen Rechtsanwalt die fristlose Kündigung mit. Mithilfe von Herrn Bakkus würde eine Zwangsräumung sicherlich auch etwas zügiger vorangehen.

Leider ging nicht alles so glatt ab, wie es sich der Vermieter gedacht hatte. In nächster Zeit häuften sich die Schmierereien an seinem Haus. Von fremdenfeindlichen Parolen bis hin zum Hakenkreuz war alles vertreten.

Da die Mieter nur ein Postfach als Vermieteradresse kannten, blieb Herr Holder immerhin von persönlichen Besuchen verschont.

Als Vermieter ließ er sich immer mehr Zeit, die Verschandlungen an den Hauswänden entfernen zu lassen. Schon wegen der Kosten. Mittlerweile freute es ihn sogar, diese Schriften zu sehen. Er verdiente doch an denen, die mit den Schmierereien gemeint waren.

Den Drohungen einiger Mieter, dass sie ausziehen würden, käme noch weiteres Pack ins Haus, sah Herr Holder gelassen entgegen. Er hatte mittlerweile drei Wohnungen an die Stadt abgegeben und sah keinen Anlass, nicht auch weiter „Gutes zu tun". Sein Mietzinskonto wuchs bei jeder guten Tat.

Außerdem nahm er sich vor, sich bei der nächsten Eigentümer-Versammlung an den fremdenfeindlichen Parolen nur noch wenig zu beteiligen. Ganz ohne würde es aber nicht gehen, das fiele sicher auf. Nein, er wollte weiter einer von Ihnen sein. Einer von denen, die für mehr Rechte von Deutschen und weniger für Ausländer plädieren.

Aber statt unter seinen Miteigentümern weiter als Wortführer gegen die Vermietung von Wohnungen an Ausländer aufzutreten, wollte er lieber beim Wirt eine Runde für sie bestellen.

Der Puffbesuch

Wir saßen in unserem Park und sprachen über alles Mögliche. Natürlich kamen wir auch auf das Thema Frauen und wer schon mal hat und wer noch nicht.

Detlev und ich hatten Freundinnen. Norbert und Josef noch nicht. Wir, also der Detlev und ich, waren uns sicher, die beiden anderen waren noch Jungfrau. Besonders Norbert hatte großes Interesse daran, wie man es macht und was man dabei beachten sollte. Schnell waren wir uns einig, da hilft keine Theorie, da hilft nur Praxis. Aber woher sollten die beiden die Praxis kennen, so ganz ohne Freundin?

Nach einiger Zeit schlug Norbert vor, wir sollten mal den Puff besuchen. Den Puff am Bahnhof. Genauer gesagt, den hinter dem Bahnhof.

Da wir zwischen vierzehn und fünfzehn Jahre alt waren, wussten wir nicht so genau, ob wir da überhaupt reindürften. Damit wir einen ersten Eindruck von dem Puff bekamen, fuhren wir mit der S-Bahn von Rath nach Bilk.

Die Düsseldorfer S-Bahn fährt über den Hauptbahnhof, direkt an dem Gebäude vorbei. Wir kauften ein Viererticket als Tageskarte und fuhren dorthin, wieder zurück und wieder dorthin. In vielen Fenstern waren Frauen zu sehen.

Nach einiger Zeit hatten wir genug gesehen und fuhren wieder nach Hause. Durch die Frauen im Fenster waren

Detlev und ich nicht ruhiger geworden, sodass wir uns noch mit unseren Freundinnen trafen. Jeder für sich natürlich. Was Norbert und Josef noch an dem Abend gemacht haben, wollten wir nicht wissen.

Am nächsten Tag trafen wir uns nach der Schule natürlich wieder im Park. Nun hieß es, einen Plan zu schmieden, wie wir die Aktion Puffbesuch umsetzen sollten. Zuerst einigten wir uns über den Termin. Es sollte ein Nachmittag sein. Und er musste in der Woche liegen. Unserer Meinung nach wäre es dann dort nicht so voll und die Damen würden sich dann etwas mehr Zeit für uns nehmen. Wir kannten das aus der Imbissbude. Je voller der Laden, desto unfreundlicher das Personal und kleiner die Portionen. Unfreundlichkeit und keine Zeit, nein, das wollten wir nicht.

Danach legten wir den Tag fest. Samstag und Sonntag hatten wir ja ausgeschlossen. Nun, dann blieben ja noch fünf weitere Tage.

Schnell hatten wir uns geeinigt, den Freitag auch zum Wochenende zu zählen, und es blieben noch vier Tage zur Auswahl. Montag. Am Montag gehen all die gefrusteten Männer, die am Wochenende zu Hause nicht durften, in die Stätte der Lust. Migräne, Krankheiten oder Verabredungen an den Wochenenden, die nicht so endeten, wie sie sich das gedacht hatten. Deshalb hatten sicher viele Handlungsbedarf. Wir schlossen also den Montag auch aus.

Somit verblieb nur der Mittwoch oder der Donnerstag.

»Mittwoch ist Stichtag, das weiß doch jeder, da wird es auch voll sein«, ermahnte uns Detlev.

Nun, er musste es ja wissen, schließlich hatte er schon lange eine Freundin. Somit einigten wir uns auf den Donnerstag.

Nun ging es um die Finanzierung. Wir fragten uns, was kostet so ein Besuch wohl? Dass man ohne Eintritt auf das Gelände käme, da waren wir uns sicher. Schauen würde also schon mal nichts kosten.

Wir wollten aber ja nicht nur schauen. Wir wollten richtigen Sex. Jedenfalls waren Norbert und Josef sehr erpicht drauf. Was aus ihrer Sicht auch richtig war. Hefte oder Filme gab es ja genug. Jetzt sollte es live sein. So richtig, mit einer Frau. Welche Leistungen gab es für wie viel Geld?

Schnell erkannten wir, dass wir überhaupt keine Ahnung hatten. Wen könnte man fragen? Das ist sicherlich auch nicht so einfach. Denn wer gibt schon zu, den Puff zu besuchen. Es half nichts, diese Erfahrung würden wir erst dort machen können. Trotzdem diskutierten wir über die Möglichkeiten, die man wahrscheinlich dort hat.

Zuerst kam die Befriedigung auf Französisch dran. Für diesen Dienst einigten wir uns auf 20 Mark. Für den einfachen Liebesakt würde man wohl das Gleiche zahlen. Wenn man die Variante von hinten möchte, wäre die Sache sicherlich schon 30 Mark teuer.

An diesem Nachmittag diskutierten wir über Preise von Dienstleistungen und am Ende waren wir auch nicht schlauer als vorher. Detlev und Josef stellten am Ende dieser Thematik fest, dass sie eigentlich kein Geld dafür hatten. Detlev sah auch nicht ein, dass er für etwas bezahlen solle, was er doch bei seiner Freundin umsonst bekam.

Auch ich hatte da meine Zweifel, ob ich bereit wäre, dafür Geld auszugeben. Vielleicht wegen der Neugier oder wegen der besonderen Frauen, die es dort gab. Aus anderen Ländern dieser Erde, die man sonst nie kennenlernen würde.

Nachdem wir fast alle unsere Finanzprobleme dargestellt hatten, sagte Norbert, dass er jedem, der in den Puff mitgeht, 20 Mark geben würde. Damit könnte dann jeder dort machen, was er wolle. Die 20 Mark müssten aber dort ausgegeben werden, sonst müsste man sie ihm wiedergeben.

Dieser Vorschlag wurde von uns dreien mit Freude aufgenommen. Umsonst mal in den Puff? Klar, da waren wir dabei. Woher unser Norbert das Geld hatte, um es uns zu geben, wollten wir gar nicht wissen.

Er war der Sohn eines Unternehmers, und da ist es wohl so, dass hier und da mal Geld abfällt oder ein zweites Taschengeld spendiert wird. Egal, er wollte zahlen und wir freuten uns auf unseren Spaß.

Detlev und ich waren uns einig, von diesem Abenteuer

unseren Freundinnen nichts zu erzählen. Josef und Norbert versicherten uns ebenfalls, diesen Besuch als geheime Liebessache anzusehen. Mercedes, Detlevs Freundin, war ohnehin eine eifersüchtige Zicke. Mit ihren Brüsten, BH Größe D, und das schon mit 14 Jahren, hatte sie allerdings kaum Grund dazu. Ihr Freund Detlev war vernarrt in diese Dinger.

»Darin kann man sein Gesicht baden!«, hatte er uns erzählt und weiter: »So weit, wie sie oben entwickelt ist, so unter-entwickelt im Intimbereich. Kaum Haare und alles eng wie bei einem Kleinkind.«

Klar, dass unser Blick, wenn wir Mercedes sahen, auf ihre Brüste und dann auf ihre „Kinderscham" ging. Denn im unteren Bereich war sie kaum entwickelt. Sie wusste natürlich nicht, dass Detlev uns das alles erzählt hatte.

Patricia, also meine Freundin, war da anders, und weil sie blond war, hatte sie sowieso so gut wie keine Haare am Körper. Außer den langen Haaren auf dem Kopf war sie eigentlich unbehaart. Durch mich hatte sie gelernt, sich zu zeigen. Es sollten doch alle sehen, wie schön sie ist.

Besonders ihre langen Beine waren eine Augenweide. Sie endeten an einer schmalen Scham und auf der Rückseite an einem festen Po. Anfassen durfte nur ich diesen schönen Körper. Manchmal dachte ich, dass es ihr sogar Spaß machte, die anderen anzuregen, um sich dann nur mir zu widmen. So war es auch heute. Langsam trocknete sie sich ab und zog sich ebenso gemächlich wieder an.

Manchmal war es ihr aber auch peinlich, wenn ich zum Beispiel zu ihr sagte: »Komm, lass uns zu mir gehen.« Alle, die das hörten, wussten nun genau, warum ich mit ihr nach oben in die Mansarde gehen wollte. Dann bekam Patricia schon mal einen hochroten Kopf. Und wenn wir wieder zurückkamen, war er erneut rot wie eine Tomate.

Die anderen Mädchen hatten sich ebenfalls ihre Sachen wieder angezogen. Gerade bei Vanessa hätten wir uns gewünscht, sie hätte diese nie abgelegt. Sie war nur geduldet in der Gruppe. Niemand interessierte sich für sie. Kaum 13 Jahre alt, dafür aber richtig fett. Überall waren dicke Fettrollen. Ihre Brüste hatten angefangen zu wachsen. Ihr Bauch war schon fast vollendet. Dadurch, dass der Bauch auch schon nach unten hing, konnte man nur wenig von ihrer Scham sehen. Allerdings hatte sie sehr starken Haarwuchs. Ihre Haare gingen bis zum Bauchnabel und reichten auch schon bis an die Oberschenkel.

Vanessas Vater war ein Türke und ihre Mutter eine Deutsche. Wir waren uns einig: Türkisch die Behaarung, deutsch das Fett. Von da an hieß sie in der Clique nur noch Yeti. Einige Mädchen beneideten Vanessa wegen ihrer schönen Hautfarbe. Etwas orientalisch angehaucht.

Der Besuch eines Puffs hatte also nur für Norbert und Josef einen wirklichen Sinn. Learning „by doing". Natürlich würden Detlev und ich das unterstützen, schließlich sind wir ihre Freunde.

An einem Donnerstag nach der Schule sind wir dann los. Norbert hatte – wie versprochen – jedem von uns 20 Mark gegeben. Ich sah, dass er noch reichlich Geld in der Hand hatte. *Gut zu wissen, falls es doch etwas teurer wird,* dachte ich sofort, sagte den anderen meine Beobachtung aber nicht weiter.

Mit der Düsseldorfer S-Bahn fuhren wir zum Bahnhof. Allerdings fuhren wir bewusst wieder eine Station weiter, um auf die Pufffenster sehen zu können. Und tatsächlich stellten sich einige Frauen dort zur Schau. Wir bejubelten von unserem Fensterplatz aus die schöne Aussicht. Einige Fahrgäste schauten bewusst weg, andere taten so, als sähen sie nichts. Es gab jedoch eine Menge Fahrgäste, die genau das machten, was auch wir machten, hinsehen und sich an dem Anblick erfreuen.

An der nächsten Station stiegen wir aus und fuhren mit der nächsten S-Bahn wieder zurück. Norbert hatte schon damals als Erster gesehen, dass die Fenster Nummern hatten. Ehrlich gesagt war mir das nicht sofort aufgefallen. Ich sah nur die Frauen und ihre offenen gezeigten Attribute.

Auch Josef und Detlev hatten zuerst keine Fensternummern gesehen. Sie waren, genau wie ich, nur auf die Frauen fixiert.

Auf der Rückfahrt nahmen wir anderen uns vor, auf die Fensternummern zu achten. Ja, wir machten eine kleine

Wette daraus. Jeder sollte eine Fensternummer sagen. War dann in dieser Nummer eine Frau im Fenster, so hatte er gewonnen. Wenn keine da war, eben verloren. Das bedeutete eine Runde in unserer Stammkneipe im Laternchen.

Nun saßen wir noch gespannter am Fenster, als der Zug wieder an dem Haus vorbeifuhr. Josef hatte recht. Sein Fenster mit der Nummer 39 war belegt. Eine schöne Schwarze bot sich an. Auch ich hatte Glück. Nummer 22 war von einer Asiatin belegt. Detlev und Norbert hatten leider Pech und ihre gewählten Fenster waren leer.

»Scheiße, eben war in dem Fenster 46 noch eine klasse Frau. Groß, schwarze Haare und dicke Brüste. Wo ist die hin?«

»Wahrscheinlich ist die am Arbeiten«, meinte Detlev und klemmte sich den Daumen zwischen Zeige- und Mittelfinger.

»Dann gilt das als gewonnen.«

Weil er uns ja den Besuch finanzierte, bejahten wir diese Aussage.

Im Bahnhof sind wir dann ausgestiegen. Nicht, um noch eine Besichtigungstour zu machen, nein, jetzt wollten wir es von Nahem sehen. Quasi vor Ort uns einen Überblick der vorhandenen Objekte machen, die für unsere Lernstunde infrage kommen würden.

Als wir an dem Haus ankamen, standen einige Männer

vor dem Eingang und unterhielten sich. Hier und da wurde Geld übergeben und der andere erhielt irgendwelche kleine Tüten.

Wir gingen an diesen Männern vorbei und näherten uns dem Eingang. Wie bei einem Labyrinth musste man durch Gänge gehen, bis man endlich auf dem Hof stand. So wurde der Einblick in den Hof verhindert. Was wir sahen, hat uns erst mal überwältigt.

Mindestens fünfzig Männer waren im Hof und mindestens dreißig Frauen, die dort herumstolzierten. Viele gingen von Mann zu Mann und redeten mit ihnen. Hier und da verschwand dann die Frau mit jemandem in einen der Hauseingänge.

Mutig gingen wir weiter in den Hof hinein. Dann wurde eine Frau auf uns aufmerksam.

»Na, was wollt ihr denn hier? Seid ihr denn schon alt genug?«

»Ja klar«, sagte Josef, der am ältesten aussah. »Wir sind 16 Jahre alt.«

»Na, dann will ich euch das mal glauben. Wer will denn mit mir mitkommen. Ich mache es auf Französisch oder normal. Also, wer möchte mal so richtig schön befriedigt werden?«

»Was kostet das denn?«, fragte Detlev die Frau.

»Das kommt darauf an, was ihr so wollt. Also: Wenn ich dir einen blasen soll, dann kostet das 20 Mark. Wenn du mit deinem Schwänzchen in mich hinein möchtest, dann kostet dich das 30 Mark. Wenn du mir 70 Mark gibst, dann darfst du mit mir machen, was du willst und auch sooft du willst. Na, ist das ein Angebot. Schau, was du haben kannst!«

Die Frau drehte sich um und beugte sich dabei. Ihre langen Beine wurden immer länger und unter ihrem Rock trug sie keinen Slip. Wir konnten ihren Po und auch etwas von ihrer Vagina sehen. Josef war fasziniert und konnte den Blick nicht mehr abwenden. Die Dame richtete sich dann wieder auf und drehte sich auch wieder zurück. Sie sah Josef, der immer noch auf ihren Unterleib schaute.

»Na was ist, mein Kleiner, möchtest du ein wenig mehr sehen und mit mir etwas spielen? Dann komm, ich mache es dir heute besonders schön.«

Josef schaute uns an und wartete auf unsere Zustimmung. Natürlich sagten wir ihm, dass er mitgehen solle.

»Mach es, Junge, das ist doch wie eine Einladung.«

»Los Josef, den Po würde ich auch mal näher betrachten wollen«, und es wurden weitere Aufforderungen laut, ihr zu folgen. Dann sagte Josef: »Okay, ich komme mit.«

Die Frau lächelte ihn und uns an.

»Lauft mir nicht weg, Jungs, ich habe ein großes Herz und würde euch gern alle glücklich machen.«

Josef, der das gehört hatte, zuckte nun etwas zusammen.

Alle? dachte er. *Nach mir muss sie doch eine Pause machen oder können Frauen mehrmals?* Schnell wurde er in seinen

Gedanken unterbrochen.

»Komm, wir gehen auf mein Zimmer!« Und schon eilte sie mit großen, langen und schnellen Schritten auf einen der Eingänge zu.

Josef kam ihr kaum nach. Er musste zwei Schritte machen, wenn sie einen machte. Fast sah es aus, als wenn er ihr hinterherrennen würde. Klar, dass wir lachten. Dann waren beide verschwunden.

Nun schauten auch wir uns weiter um. An der Wand zu den Gleisen waren in regelmäßigen Abständen Telefone angebracht. Wir vermuteten, dass man die Nummer wählen konnte, die an dem Fenster angebracht war, um dann mit der Frau, die in dem Fenster stand, zu telefonieren. Wenn man sich einig war, kam sie runter und holte den Kunden am Eingang ab.

Wir schauten uns erst mal alle Damen in den Fenstern an. Hier waren wirklich alle Nationen vertreten. Vor lauter nach oben schauen, hatten wir nicht gesehen, dass Josef schon wieder aus dem Haus gekommen war.

»Da bist du ja schon wieder«, sagte Norbert etwas erstaunt. Auch ich fand die Zeit zwischen Weggehen und Wiederkommen etwas kurz.

»Wie war's?«, fragte Detlev. »Komm, erzähl mal was.«
»Wie es war, das kann ich euch sagen! Für 20 Mark hat die es mir nur mit der Hand gemacht! Dabei durfte ich zwar ihren Hintern betrachten, anfassen durfte ich den aber

nicht. Das kostet extra, hat sie immer dann gesagt, wenn ich versuchte, ihn mal zu berühren. Und als ich fertig war, hat sie alles rasch wieder verpackt. Nachdem sie mir ein Kleenex Tuch gegeben hatte, sagte sie mir noch, dass ich das Kondom und das Tuch in die kleine Mülltonne werfen soll. Ach ja, anschließend sollte ich mich beeilen, meine Freunde würden doch warten, auch so schön bedient zu werden.«

Kaum, dass er das ausgesprochen hatte, kam auch die Frau, die es vermeintlich besonders schön machen wollte.

»Jungs, was ist, ich habe ein großes Herz, für jeden von euch.«

Doch wir hatten genug gehört und gingen weiter. Schließlich waren ja noch viele Frauen im Hof und an den Fenstern, die uns auch etwas Gutes tun wollten.

In der Mitte des Hofes blieben wir wieder stehen. Nun sahen wir uns genauer um. Auch die Telefone an der Wand. Wir sahen auch, dass einige Männer telefonierten.

Wir beobachten sie und sahen unsere Vermutung bestätigt. Einfach den Hörer abnehmen und die Nummer vom Fenster wählen.

Endlich hatte auch Norbert mal Spaß. Bisher tat er nämlich gelangweilt, nun aber ging er an ein freies Telefon und wählte eine Nummer. Detlev hatte ihn beobachtet und gesehen, dass er die Nummer 45 gewählt hatte. Die Nummer aus unserem Fensterspiel.

Natürlich schauten wir nach oben und wollten sehen, mit wem er Kontakt aufgenommen hatte.

»Seht mal, er telefoniert mit der Frau in Nummer 45. Wird wohl eine Französin sein. Sie hat eine kleine Trikolore unten am Fensterrand.«

»Ja, jetzt sehe ich die auch. Ziemlich schmal die Frau und noch sehr jung. Ob die genug Erfahrung hat, um unsern Norbert zu entjungfern?«

Dann legte Norbert auf und die Frau den Hörer wieder aus der Hand. Was jetzt wohl geschehen würde? Wir richteten abwechselnd die Blicke auf Norbert und dann wieder zu der Frau Nummer 45. Doch nichts geschah. Die Frau blieb im Fenster und Norbert kam zu uns zurück.

»War es nicht die Richtige?«, fragte ich ihn.

»Nee, die hat eine Piepsstimme. Furchtbar! Und spricht miserabel deutsch. Ich denke, sie ist wahrscheinlich eine Französin. Das wäre ja gar nicht so übel, aber ihre Stimme ist nicht zu ertragen.«

»Norbert, du sollst sie vögeln und dich nicht mit ihr unterhalten. Sag ihr, sie soll dabei die Klappe halten.«

»Nee, mal sehen, was es sonst noch hier gibt«, meinte er und schaute sich weiter um.

Detlev war in der Zwischenzeit zu einem anderen Telefon gegangen und sprach mit jemandem. Da mehrere Frauen im Fenster ein Telefon in der Hand hatten, konnte ich nur schwer ausmachen, mit wem er telefonierte. Auch Norbert und Josef sahen nun zu Detlev und dann zu den Fenstern. Nach seiner Blickrichtung telefonierte er entweder mit der Schwarzen in Nummer 58 oder mit der Asiatin in Nummer 61.

Die Asiatin zeigte mit der Hand auf den Eingang, der drei Etagen tiefer, fast auf gleicher Höhe war. Detlev nickte und legte den Hörer auf. Dann kam er zu uns und sagte:

»Bis gleich«, und schon war er im Eingang unter dem Fenster verschwunden.

»Der hat sich die Asiatin ausgesucht.«

»War ja klar, so klein wie der ist, hat der sich ein Püppchen ausgesucht.«

»Ich denke, die hat er genommen, weil er wissen wollte, ob die ihren Schlitz wirklich quer sitzen haben.«

»Bitte?«, fragte Norbert und sah mich mit großen Augen an.

»Ja klar, die haben den Schlitz quer sitzen. Sag bloß, davon hast du noch nichts gehört?«

»Weiß ich aber auch nicht«, mischte sich nun Josef ein, bevor Norbert überhaupt geantwortet hatte.

In diese kleine Diskussion vertieft, bemerkte ich nicht, dass eine Frau sich zu uns gewandt hatte.

»Hallo, ich bin die Annefried und finde dich sehr süß.« Dabei schaute sie mich an und gab mir die Hand. Ich hörte ihre Stimme und meine Knie wurden weich. Sie sah wunderschön aus. Lange blonde Haare und tiefblaue

Augen. Etwas größer als ich, aber wunderschöne Rundungen. In ihrem fast durchsichtigen weißen Kleid konnte man ihre Konturen sehr deutlich erkennen.

»Komm mit mir, blonder Schönling. Lass uns unsere Schönheit vereinen.«

Ohne ein Wort zu sagen, denn das konnte ich nicht, ging ich mit ihr mit. Meine Freunde waren so unwichtig wie das Wetter in China. Durch einen der Eingänge gelangten wir in ein Treppenhaus. Kalt und muffig roch es hier. Einige Damen standen zusammen und rauchten.

»Hey, Süßer, wenn du mit ihr fertig bist, dann kommst du zu mir, hörst du. Du bist jung, du kannst auch zweimal und ich helfe dir dabei.«

»Komm lieber zu mir. Dein schmaler Kopf passt wunderbar zwischen meine Schenkel.«

Ich hörte die Worte, sah aber die Frauen nicht. Ich sah nur meinen blonden Engel, der vor mir die Treppen hinaufging, dann in einen Seitenflügel abbog und eine Türe aufschloss. Im Raum roch es nach Rosen und nach gutem Parfüm.

»Wie heißt du?«

»Michael«

»Michael, wie der Erzengel Michael? Das ist mein Lieblingsengel, schau auf den Nachttisch. Er beschützt mich vor Angriffen und Unheil.«

Tatsächlich sah ich auf ihrem Nachttisch ein Bild mit einem Engel.

»Komm, mein kleiner Erzengel, zieh dich aus und setz dich aufs Bett. Dann werde ich mich für dich ausziehen und schau genau hin. Denn gleich darfst du das, was du siehst, auch fühlen.«

Blitzschnell hatte ich mich ausgezogen und setzte mich brav auf das Bett. Sie sah mich an, kam zu mir und strich mir über das Haar.

»Du bist noch so jung und viel zu schade für ein Bordell, mein schöner Junge.«

Ihr Akzent ging mir unter die Haut. Samtweich und doch eindringlich. Es war, als würde ein Priester im Beichtstuhl reden. Voller Andacht hörte ich ihr zu. Dann zog sie sich aus. Nach und nach kam ihr makelloser Körper zum Vorschein.

»Du bist wunderschön und leuchtest doch selbst wie ein Engel!« Dabei sah ich sie an, als wäre sie aus einer anderen Welt.

»Du bist sehr charmant, kleiner Mann und hast gute Manieren«, sagte sie und kam zu mir ans Bett.

»Leg dich hin und lass dich von deinem Engel verwöhnen. Aber auch ich möchte von dir verwöhnt werden.«

Sie nahm meine Hand und führte sie an die Stelle, wo ich sie streicheln sollte. Gleichzeitig kamen wir nach geraumer Zeit zum Orgasmus.

»Nun ist es Zeit, dass du wieder gehst. Zieh dich bitte wieder an. Hast du etwas Geld für mich?«

»Ich habe 20 Mark.«

»Leg sie mir dorthin, mein junger Held. Es war wunderschön mit dir, aber bitte versprich mir, dass du nicht mehr herkommst. Suche dir einen Engel in deiner Welt. Du bist jung, schön und sehr zärtlich. Viele Mädchen warten auf dich.«

Annefried kam zu mir und küsste mich sanft auf meine Lippen. Ich wollte etwas sagen, doch sie legte mir einen Finger auf den Mund.

»Geh jetzt, und komm nicht wieder«, dann öffnete sie die Türe und ich ging hinaus.

Sie schloss die Türe und langsam löste ich mich aus ihrem Bann. Nur schemenhaft nahm ich die Treppe wahr, die ich nun hinunterging. Die Sprüche und Aufforderungen der Damen am Ausgang nahm ich nicht wirklich wahr.

Dann war ich wieder bei meinen Freunden.

»Wir dachten schon, du kommst überhaupt nicht wieder. Was hast du so lange gemacht? Ich war nach kaum 5 Minuten wieder unten, obwohl ich die Frau gevögelt habe.« Detlev war neugierig darauf, was ich erlebt hatte.

Ich antwortete nicht, ich versuchte, das Fenster auszumachen, wo mein Engel wohnte. Zweite Etage und dann rechts, die dritte Türe. Ich orientierte mich am Hauseingang und dann sah ich ihr Fenster. Die dunkelroten Vorhänge mit den eingewebten Rosen hatte ich gesehen, nachdem sie diese zugezogen hatte.

Nummer 27 stand auf dem Fenster. Das Datum meines Geburtstags. Zufall? Die Vorhänge waren immer noch zugezogen. Erst dachte ich, das Telefon zu nehmen und sie anzurufen. Doch was sollte ich sagen?

Danke? Alles Gute? Nein, es war alles gesagt. Es bedurfte keiner Worte mehr. Ich schickte ihr ein gedankliches Küsschen. Ihr, dem Engel Annefried.

»Kommt, lasst uns gehen. Ich habe Durst auf ein Bier, fahren wir zum Laternchen.«

»Du warst doch noch gar nicht mit einer Frau zusammen. Willst du es nicht auch mal probieren, Norbert?«

»Nee, ist mir zu doof. Kommt, wir fahren.«

Schon ging er in Richtung Ausgang. Wir folgten ihm, obwohl es noch das ein oder andere zu sehen gab.

»Ich habe mal gezählt«, sagte Josef.

»Was hast du gezählt?«

»Wie viele Männer nach Michael in den Eingang gegangen sind und wieder raus.«

»Und was ist das Ergebnis deiner Bordellstudie?«, fragte Detlev.

»Also, nach Michael sind zehn Männer hineingegangen und sieben waren schon wieder draußen, bevor er rauskam.«

»Der hat echt lange gebraucht.«

»Ja, das haben wir doch auch ohne deine Studie bemerkt,

oder?«

»Ist ja gut, ich meinte ja nur.«

Am Ausgang blieb ich noch mal stehen und schaute in Richtung Fenster 27 zu meinem Engel Annefried. Diesen Engel werde ich nie vergessen.

Traumberufe

Vier Schüler erzählen, was sie später mal werden wollen:

Der Erste sagt: Ich werde Feuerwehrmann.

Der Zweite schwärmt: Ich werde Pilot.

Der Dritte spricht: Ich werde Modedesigner.

Der Vierte tönt: Ich werde Arzt

Der Fünfte redet etwas schüchtern: Irgendwas am Bau.

Nach Jahren treffen sie sich wieder.

Der Erste arbeitet bei MAN am Fließband, dort werden Feuerwehrautos hergestellt.

Der Zweite arbeitet am Flughafen als Busfahrer und bringt die Fluggäste zur Gangway.

Der Dritte arbeitet als Fahrer beim roten Kreuz.

Der Vierte leitet eines der international größten Bauunternehmen.

Mobbing unter der Dusche

Wir hatten unseren Kaffee im Bett getrunken, und ich machte mich auf ins Badezimmer. Ein Humpen dieses herrlichen Gebräus im Bett, kurz nach dem Aufwachen, ist ein Muss. Wer zuerst wach wird, steht auf und macht den Kaffee.

»Der Kaffeemann ist da« sind oft die ersten Worte, die meine Frau hört.

Oder andersherum: »Die Kaffeefrau ist da«.

Erst danach lassen wir den Alltag herein und dazu gehört auch das Duschen. Nach einem letzten Küsschen stieg ich gut gelaunt aus dem Bett und ging schnurstracks ins Bad.

Als ich unter der Dusche stand und mich einschäumte, hörte ich ein schelmisches Lachen. Ich konnte nichts sehen, da das Shampoo vom Kopf über mein Gesicht lief und ich die Augen geschlossen hatte. Schnell wischte ich sie mit Wasser frei und schaute mich um.

Doch niemand war zu sehen. Ich hätte mich auch gewundert, schließlich wohnen Bärbel und ich allein in der Wohnung. Und das Lachen war nicht das meiner Frau, so viel war sicher. Doch wer hatte hier gelacht?

Da außer mir niemand da war, hatte ich mir das Lachen wohl nur eingebildet und wusch meinen Kopf weiter. Doch kaum, dass ich die Hände am Kopf hatte, fing das Lachen wieder an.

Gesicht vom Schaum entfernt, umgeschaut und wieder niemanden gesehen. Merkwürdig war die Sache aber schon. Ich hob die Arme und wusch mich weiter.

Hände an den Kopf, und das Lachen fing an. Finger weg vom Kopf, und das Gekicher hörte auf.

Ich wandte nun den alten Trick an. So tun, als sehe ich nichts, doch die Augenlider einen Hauch geöffnet lassen. Das Shampoo war schon fast abgespült, und als ich meinen Kopf anfasste, konnte ich endlich sehen, woher das Lachen kam.

Es war die Shampoo Flasche, die sich über mich lustig machte. Ihr Verschluss hob sich und das hämische Gelächter kam aus ihr heraus.

Schauma - Haarshampoo!

Ein Shampoo, das ich seit eh und je benutze. Doch wieso lachte die Flasche mich aus, fragte ich mich.

Bis ich begriff!

Durch eine Chemotherapie hatte ich alle Haare verloren. Natürlich auch die auf dem Kopf. Glatze und Haarshampoo benutzen, das hielt die Flasche wohl für aberwitzig. Ich fand das Benehmen von ihr überhaupt nicht humorvoll. Im Gegenteil, ich war gekränkt.

Meine Frau und alle Familienangehörigen hatten mein verändertes Aussehen akzeptiert, und keiner von ihnen hatte sich über mich lustig gemacht.

Es war ja auch alles andere als belustigend.

Nach dem Duschen ergriff ich die Anti-Mobbing-Initiative. Ich packte die Flasche, drückte fest auf den Verschluss, sodass der auch wirklich verschlossen war, und verklebte ihn zur Sicherheit mit einem Hansaplast Streifen.

Danach wanderte die „Stille Flasche" in den Schrank.

»Du wirst mich nicht mehr ärgern«, sagte ich laut und schloss die Schranktür mit einem Lächeln auf den Lippen.

Doch die Mobbingphase im Bad sollte noch nicht beendet sein. Aus purer Gewohnheit griff ich zur Haarbürste. Kaum, dass ich sie in der Hand hielt, vernahm ich ein merkwürdiges Geräusch. Das kam eindeutig von der Bürste. Ich sah sie an und erschrak. Alle Bürstenstängel bogen sich hin und her. Bei dem Anblick fiel sie mir vor Schreck aus der Hand.

Kaum, dass sie auf dem Boden gelandet war, ruhten auch alle Borstenbewegungen. Als ich die Bürste aufhob, fingen die Borsten erneut an, sich zu verbiegen. Mir war klar, dass diese niederträchtige Bürste ebenfalls auf meine Glatze anspielte. Schublade auf, Bürste rein und zu. Thema erledigt.

Auch ich war fertig. Nicht genug, dass ich bei jedem Blick in den Spiegel unglücklich war, nun wurde ich auch noch von meinen Badeutensilien gemobbt.

Nach einiger Zeit begannen die Haare wieder zu wachsen. Ich benutzte aber vorerst mein Duschgel weiter und ließ das Shampoo im Schrank. Doch meine Rachegelüste konnte ich zu einem anderen Zeitpunkt nicht mehr zügeln. Ich öffnete die Tür des Badezimmerschranks, entnahm ihm die geächtete Shampoo Flasche und stellte sie ins Fach an der Dusche. Greifbar nah, um sie zu benutzen.

Doch weit gefehlt. Ich tat nur so, als wollte ich nach ihr greifen. Ich spürte regelrecht, wie sie sich nach langer Dunkelheit darauf freute, ja, sich sogar vor Erwartung ein wenig aufblähte. Doch kurz vor dem Zugreifen wandte sich meine Hand ab und nahm stattdessen das Duschgel.

Von wem jetzt das Lachen kam, braucht keinerlei Erklärung.

Das magische Fläschchen

Meine Frau und die Kinder saßen am Küchentisch und warteten auf die Suppe, die ich gekocht hatte. Draußen stürmte und regnete es. Da war eine heiße Terrine genau das Richtige.

Der Einfachheit halber nahm ich den ganzen Topf und stellte ihn auf den Tisch. Die Suppenteller am Herd zu füllen und dann rüber zutragen, erschien mir zu schwierig. So ein Topf auf dem Tisch erzeugte aus meiner Sicht auch Familienidylle.

Katharina sah sich um. Sie schien etwas zu suchen. Da ich mich noch nicht hingesetzt hatte, schaute ich ebenfalls auf den Tisch und überlegte, was wohl fehlen könnte.

Der Topf mit der Suppe war da, ebenso die Kelle zum Schöpfen. Vier Teller und vier Löffel.

Es fehlt nichts, war mein Urteil, und ich setzte mich hin.

Kaum, dass ich saß, stand meine Tochter auf und lief zum Küchenschrank. Aus einem Fach holte sie „ihr braunes Fläschchen" hervor. Setzte sich wieder und ihr Antlitz leuchtete.

Diese kleine unscheinbare Flasche mit dem gelben Etikett hatte eine magische Anziehungskraft auf meine Tochter. Kaum, dass der Teller mit der Hühnersuppe gefüllt war, schnappte sie sich die eben geholte Flasche. Nach kräftigem Schütteln fielen zwei, drei Spitzer einer braunen Flüssigkeit in die Suppe.

Wie kleine Perlen hatte sich die Glückseligkeit auf dem Tellerinhalt verteilt. Doch dieser Anblick währte nicht lange. Mit dem Löffel wurden die Flaschenperlen untergerührt. Die klare Brühe verfärbte sich und bekam so einen leichten braunen Stich.

Erst jetzt fing Katharina an zu essen. Mein Sohn und meine Frau hatten dieser Aktion keine Aufmerksamkeit gewidmet. Und so, wie sich ihre Teller leerten, hatten ihre Geschmacksknospen wohl auch Gefallen an der Hühnersuppe.

Die Tochter kümmerte sich nach den ersten Löffeln mehr und mehr um den festen Bestandteil des Mittagsmenüs: das Hühnerfleisch.

Stück für Stück wurde es aus der Suppe gefischt und verschlungen. Zielgerecht waren ihre blauen Augen auf den Teller gerichtet. Nur ja kein Stückchen übersehen! Als der besonders interessante Teil der Suppe den Weg in den Magen gefunden hatte, löffelte sie die Flüssigkeit weiter. Ihr Blick huschte immer häufiger weg vom Teller und hin zum Topf der Glückseligkeit in der Hoffnung, dass sich in ihm noch mehr von dem gerupften und gekochten Federvieh befand.

Als ich meiner Frau erneut Suppe auf den Teller schöpfte, meldete sich Katharina, meine kleine fleischfressende Pflanze: »Kann ich auch noch Hühnchen haben?«

Und genauso meinte sie es auch: »Hähnchenfleisch ich, Suppe die Mama!«

Obwohl mehr Fleischstücke als Flüssigkeit auf ihrem Teller landeten, kamen erneut Spritzer vom Zaubergewürz in die Suppe. Mit dem Löffel verstrichen, verteilte sich die magische Flüssigkeit auf den Hähnchenstücken, bereit zum besonderen Genuss. Mit jedem Bissen vom Federvieh erhöhte sich die Essensfreude meiner Tochter.

Da auch wir anderen Suppenliebhaber Nachschlag bekamen, war der Topf recht schnell leer.

Nach dem Essen durften die Kinder in ihre Zimmer. Kathi nahm ihr Fläschchen und stellte es zurück in den Schrank, so als wollte sie sicherstellen, dass die Flasche nicht verschwindet. Verzaubern ja, verschwinden nein.

Die kleine braune Flasche hat nicht nur meine junge Tochter verzaubert. Diese magische Gewürzmischung hat die ganze Welt in ihren Bann gezogen. Sogar in den weit entfernten afrikanischen Ländern gehört sie wie Pfeffer und Salz in jedes Gericht. Oft mehr als nur ein Spritzer.

Ganze Generationen wuchsen mit diesem braunen Zaubertrank auf. Regale in allen Discountern und Supermärkten sind gefüllt mit den kleinen, mittleren und großen braunen Flaschen mit dem gelben Etikett.

Hinter verschlossenen Schranktüren (dort, wo nur der Chefkoch Zugang hat) steht es wohl auch in Restaurants mit den Sternchen zur Nutzung bereit. Hier jedoch umgefüllt in neutrale Flaschen und mit dem Etikett »Geschmacksverzauberer« versehen.

Zurück zum Besen

»Das darf doch wohl nicht wahr sein«, schimpfte Paul und zog sich die Bettdecke über den Kopf. Acht Uhr, Punkt acht, zeigte die Uhr an, als dieses schreckliche Geräusch ihn aufgeweckte.

Nicht weit von seiner Wohnung entfernt hörte er einen Motor aufheulen. Bei der Hitze, die gerade herrschte, konnte man bei geschlossenem Fenster auf keinen Fall schlafen. Deshalb war auch das Schlafzimmerfenster von Paul geöffnet. Er hatte sich einen Brückentag gegönnt und deshalb nun vier Tage frei.

Gestern war es herrlich schön ruhig in der Wohnanlage gewesen. Sie lag nur wenige hundert Meter außerhalb der Stadt, jedoch das genügte, um der Hektik und dem Autoverkehr zu entgehen. Das Mietshaus einer Wohnungsgenossenschaft lag zudem fast am Ende einer Sackgasse, also war auch kaum Straßenverkehr zu hören.

Das Geräusch an diesem Freitagmorgen störte das kleine Urlaubsvergnügen allerdings erheblich. Mal lauter und zwischendurch wieder leiser werdend dröhnte es in seinen Ohren. Doch damit nicht genug. Kaum, dass dieser „Krachmacher" sein Unwesen trieb, meldeten sich andere dazu. Als wäre es ein Aufruf gewesen, hörte er von mehreren Seiten weitere Motorengeräusche.

Die Gärtner machten sich über ihre Rasenflächen her.

Rasenmäher, Kantenschneider und die Laubbläser. Ja, wirklich, Laubbläser!

Mitten im Hochsommer dröhnten diese Geräte als Graskehrer. Und auf der anderen Seite der Wohnanlage wurden sie als Straßen- und Wegreinigungsgeräte genutzt. Mal näher, mal weiter weg.

Paul war nicht der Einzige, der fluchte und sich in seinem Bett wälzte, Decke und Kissen über den Kopf zog und gegen diesen ohrenbetäubenden Krach wetterte.

Der Teufel hatte seine wahre Freude. Jeder Fluch oder der Wunsch, diese Personen in die Wüste zu schicken, machte ihn mächtiger. Und an diesem Morgen waren es viele, sehr viele, die ihm halfen, Oberwasser zu bekommen.

Gestern war er wegen des Feiertages und der Gebetsstunden noch tief betrübt gewesen. Die Leute waren in die Gebetshäuser gelaufen, als gäbe es dort was umsonst. Dabei gab es doch dort nur das Wort Gottes und dessen Segen. Satan konnte nicht verstehen, dass die Leute an dem Tag fast süchtig danach waren, die Kirchen aufzusuchen. Aber er spürte, dass er an solchen Tagen in den Gedanken der Menschen keine Rolle spielen konnte.

Doch heute Morgen ging es ihm prächtig. Von allen Seiten drangen Rufe zu ihm: »Zum Teufel mit den Geräten! Ruhe oder ich jage dich zum Teufel! Mach die Kiste aus oder du landest schneller in der Hölle, als dir lieb ist!«

Eine Wohltat, nachdem die Menschen gestern vor allem seinen Widersacher gepriesen hatten.

Auch Gott hörte das Fluchen der Menschen, und es gefiel ihm gar nicht. Wusste er doch, wem das zugutekommt. Er kannte seine Schöpfung, und für ihn war es nichts Besonderes, dass sie ihn gestern noch lobten, priesen und anbeteten und nur wenige Stunden später sündigten und den Rivalen herbeiriefen.

Sollte er sich Vorwürfe machen, dass er der Menschheit Intelligenz gegeben hatte und sie diese Geräte und Maschinen entwickeln konnten? Nein, ihre Fähigkeiten, die Welt zu verändern, waren ihnen gegeben, und da konnte es auch mal zu Fehlentwicklungen kommen.

In dem Falle waren es die Laubbläser.

Die Menschen haben doch den Wind, der ihnen oft mehr zu schaffen macht, als ihnen lieb sein könnte. Warum also den Laubbläser benutzen? Aber anstatt sich weiter Gedanken zu machen, was sinnvoll oder unsinnig erfunden wurde, ließ Gott seine Engel antreten. Die Sorte himmlischer Wesen, die er benötigte, um auf der Erde was zu richten.

Die Arbeitsengel, alle ausgerüstet mit Kleidung der Menschen, waren bereit, zur Erde zu fliegen und die ihnen gestellte Aufgabe zu erledigen. Im Sinne des Herrn.

»Ihr habt das Fluchen der Menschen ja auch mitbekommen. Der Satan bekommt dadurch Macht, und das gilt es zu verhindern. Deshalb sende ich euch zur Erde, dass ihr das Teufelswerk einsammelt und es gegen das herkömmliche Arbeitsgerät des Menschen eintauscht. Ich, der Herr, entsende euch, damit wieder Friede und Ruhe in den Straßen und den Anlagen der Erde einkehre.«

Gesagt, getan und die Engel begaben sich auf den Weg. Auch in die Anlage, in der Paul immer noch vergebens versuchte, seine Ruhe zu finden. Das Fenster hatte er in der Zwischenzeit geschlossen, doch nun herrschte eine drückende Hitze im Zimmer, die ihm den Schweiß aus den Poren trieb.

Ein Arbeitsengel tauchte wie aus dem Nichts vor dem Mann vom Reinigungsdienst auf. Der hatte seinen Bläser auf volle Leistung eingestellt und fegte damit den Spazierweg frei. Hier und da lagen kleine Äste auf dem Weg. Zwei, drei Zigarettenstummeln machte er den Garaus, indem er sie zur Seite in die Büsche beförderte.

Als er plötzlich eine Person vor sich stehen sah, war er für einen Moment wie erstarrt. Diesen Augenblick nutzte der Engel, um ihn vollends aus der sich drehenden Welt zu nehmen. Die Zeit stand still, und in aller Ruhe entnahm der Himmelsbote ihm den Laubbläser. Dafür gab er ihm einen Straßenbesen in die Hand und verschwand genauso schnell, wie er gekommen war. Nicht ohne vorher den Mann in die Welt der Zeit zurückzuholen.

Der, wieder bei klarem Sinn, sah sich um und begriff nicht,

wo denn der Mann geblieben war, den er doch eben noch gesehen hatte. In der Verwunderung gefangen, drückte er den Knopf des Gebläses. Doch es tat sich nichts. Erst jetzt bemerkte der Arbeiter, dass er auf einen Holzstiel gedrückt hatte, der zu einem Straßenbesen gehörte. Völlig entsetzt starrte er auf das Kehrgerät. Ohne dass er sich wehren konnte, begannen seine Hände zu kehren. So wie er es in der Kindheit mal gelernt hatte, als vor den Türen der Häuser noch jeder seinen Schmutz selbst entfernte.

Gegenüber auf der Wiese sah sich der Mann mit dem Rasenmäher plötzlich mit einer Sichel ausgestattet. Auch er bemühte sich nun, das Gras damit zu kürzen. Ein wenig ungeübt, doch es gelang ihm nach und nach.

Paul horchte, hörte jedoch nichts mehr. Zufrieden zog er die Bettdecke zurück, öffnete weit das Fenster, atmete die frische Luft ein und genoss die Ruhe.

Auch der Teufel war jetzt von Stille umgeben. Nicht ganz, denn jetzt war er es, der fluchte, was das Zeug hielt, allerdings nun als Einziger.

Sonnenuntergang

Den ganzen Tag hast du mir Licht und Wärme gegeben,
durch dich lohnt es sich zu leben.
Erfreust mein Herz bis zuletzt, liebste Sonne,
selbst dein Untergang ist eine Wonne.
Ich lass dich nur ungern gehn,
es ist so schön, dich scheinen zu sehn.
Nun sage ich dir gute Nacht
und bitte gib auf dich acht.
Morgen früh will ich dich strahlend wiedersehn,
werde dich begrüßen und am Fenster stehn.
Damit es ein schöner Tag werden kann,
strahlen wir uns gegenseitig an.
Und am Abend, wenn wir uns wieder trennen,
dann gibt es kein Flennen.
Wissen wir doch, wie es weitergeht,
da sich die Erde immer weiter dreht.

Schnupftabak

»Papa!«

»Was ist, mein kleiner Sohnemann?«

»Warum hat der Mann schwarze Nasenlöcher?«, fragte Leo und zeigte auf einen Mann, der am Nebentisch saß.

Vater Emil schaute hinüber und ihm fielen die dunklen Nasenlöcher ebenfalls sofort auf.

»Der Mann nimmt Schnupftabak.«

»Was ist Schnupftabak?«

»Eine Art des Rauchens. Anstatt sich eine Zigarette anzumachen, so wie der andere Mann am Tisch, nimmt man ein wenig Tabak auf die Hand und zieht es sich in die Nase.«

Am Gesichtsausdruck seines Sohnes sah er, dass Leo nichts verstanden hatte.

Unser Tischnachbar hatte das Gespräch zwischen Leo und seinem Vater mitbekommen und sagte: »Komm, Kleiner, ich zeige dir, wie es geht. Dann kannst du das auch machen, wenn du groß bist.«

Er holte aus der Hemdtasche eine Schnupftabakdose und öffnete sie, indem er die kleine Klappe am oberen Rand nach oben zog. Seine linke Hand drehte er so, dass der Daumenrücken waagerecht zu sehen war und eine gute Ablagefläche bot. Die Dose in der rechten Hand über den linken Daumen haltend, klopfte er mit dem Zeigefinger der anderen Hand gegen die Dose.

Krümel für Krümel kam nun der Tabak aus der Dose und bildete ein kleines Häuflein auf dem Daumenrücken.

Als der Mann der Meinung war, es sei genug, klappte er die Schnupftabakdose wieder zu und führte seinen mit Tabak belegten Daumen an ein Nasenloch.

Er entschied sich für das rechte Nasenloch. Als die Tabakkrümel sich unter der Nase befanden, zog der Mann ganz fest die Nase hoch. Mehrmals drückte er den Daumenrücken an die Nase und sog dabei ein wenig Tabak hinein. Solange, bis kein Krümel mehr zu sehen war.

»Siehst, Bub, so macht man das!«

Drehte sich herum und wendete sich wieder seinem Gesprächspartner zu, der das Ganze belustigt beobachtet hatte.

»Das sind die Schnupfer von morgen. Nicht rauchen, schnupfen solln's. Ist g'sund und belästigt niemand. Host mi?«, schaute er den Tischnachbarn an, der gerade den Rauch aus seiner Lunge in die Gegend verstreute.

Immer wieder sah der kleine Leo zu dem Mann mit den schwarzen Löchern rüber. Scheinbar fasziniert von den dunklen Naseneingängen.

Es dauerte nicht lange, und der Tischnachbar holte ein großes Taschentuch heraus. Kaum, dass er es vor sein Gesicht hielt, musste der Mann niesen. Mehrmals hintereinander ließ er es krachen.

Vor Schreck zuckte Leo jedes Mal regelrecht zusammen, so laut war die Niessattacke.

Emil sah, dass das Taschentuch voll mit dem eben eingesaugten Schnupftabak war. Kaum drei Minuten waren vergangen und der kostbare Tabak war im Schnupftuch zu sehen. Im Tuch waren auch die Spuren des vorherigen Schnupfens zu betrachten. Der Mann schaute ebenfalls auf sein Tuch.

Sollte er den gleichen Blitzgedanken wie Emil gehabt haben? Der fragte sich nämlich, was so eine Dose Schnupftabak wohl kosten möge. Gleich hatte er sein Smartphone in der Hand und wurde bei der Suche im Internet schnell fündig.

Emil überlegte. Zehn Euro kostet eine normale Dose im Schnitt. Leider hatte er den Namen der Tabaksorte nicht lesen können. Der Inhalt wird so 70 bis 80 Gramm gewesen sein. Was bedeutet, dass man bei einer geschätzten Menge von vier bis fünf Gramm pro Schnupfen etwa 20-mal eine Prise nehmen kann, und dann ist die Dose leer.

Pro Tag verschnupft so ein Mannsbild locker eine Dose weg. Zehn Euro am Tag landen in den Nasenlöchern und dann in einem Taschentuch.

Welch eine Verschwendung, denn anders als beim Rauchen wird beim Schnupfen der Tabak nur kurz der Luft um die Nasenschleimhaut preisgegeben, um dann wieder in der Versenkung zu landen. Fast unbeschadet.

Beim Rauchen wird der Tabak verbrannt, beim Schnupfen nur mit zäher Flüssigkeit getränkt.

Emil und sein Sohn standen auf und machten sich auf den Weg nach Hause. Dort erzählte der Kleine seiner Mutter, was er auf dem Marktplatz erlebt hatte.

»Gesund ist das nicht, mein Sohn. Da hat der Mann etwas Falsches erzählt. Du hast ja die Nasenlöcher von ihm gesehen. Sahen die gesund aus?«

»Nein, die waren ganz schmutzig. Kann man die nicht waschen? Ich putze mir doch auch immer die Nase und dann ist sie wieder sauber?«

»Schnupftabak setzt sich in den Poren fest, die in der Nase sind. Dadurch wird die Nase nie wieder ganz so sauber wie deine und meine.«

»Und die von Papa!«

»Und die von Papa, genau mein kleiner schlauer Leo. Der Tabak macht aber außer schwarzen Nasenlöchern noch etwas anderes. Er setzt sich in den feinen Nasenhaaren fest. Die halten für uns Schmutz und Staub ab, damit wir nicht krank werden. Bei dem Mann geht das nicht mehr. Im Gegenteil, dort wird mit dem Tabak auch der Staub eingesogen und landet im Bauch. Nein, mein Kleiner, gesund ist das nicht.«

Mit diesen Worten, bei denen sie immer wieder ihren Mann angesehen hatte, beendete die Mutter die Belehrung und das Thema über den Schnupftabak.

Nicht so Emil. Er hatte schon immer einen Riecher, wenn es Geld zu verdienen gab. Geld lag gewissermaßen auf der Straße, in diesem Fall war es in Taschentüchern zu finden.

Das Zauberwort, um an das Geld zu kommen, hieß: Recycling. Schlupftabakrecycling. Bald würde es im Duden ein neues Wort geben, eins, das Emil nicht nur erfunden hatte, sondern auch praktizieren wollte. Jedenfalls hatte er das vor. Morgen würde er sich eine Schnupftabakdose kaufen und damit experimentieren.

Seine Frau war alles andere als begeistert, als sie von Emils Idee erfuhr. Ekel war das Erste, was sie empfand. Danach nur Kopfschütteln, weil sie sich nicht vorstellen konnte, dass sich ein Mensch gebrauchten Schnupftabak kauft. Von den sich einzuhandelnden Krankheiten ganz zu schweigen.

»Wage es ja nicht, das Zeug selbst zu schnupfen. Wenn du schwarze Nasenlöcher bekommst, lasse ich mich scheiden. Ist ja ekelhaft, was du da vorhast.«

Emil war klar, sein Vorhaben würde nur langsam und mit viel Geduld vorangehen. Doch er hatte es sich in den Kopf gesetzt, und was da einmal drin war, setzte er auch um. Im Tabakladen um die Ecke kaufte er gleich drei von den Dosen.

»Sag mal, bist du auf einem Trip? Was ist los? Bis gestern hast du über jede Art von Tabak geschimpft und nun kaufst du gleich drei Dosen Schnupftabak?«

»Die nehme ich mit zu meinem alten Onkel. Den besuchen wir nächste Woche und der schnupft«, versuchte Emil dem Händler weiszumachen. Doch der durchschaute die ganze Sache.

»Ein Geschenk, ja. Und dann kaufst du die billigste Sorte? Das willst mir doch nicht erzählen wollen, oder? Aber ist ja gut, wenn du damit anfängst. Kann ich ja nur dran verdienen. Übrigens, diese Sorte habe ich immer da. Die von der Arge sind ganz wild auf das Zeug. Bestimmt, weil der Hersteller den ganzen Dreck da hinein kehrt, und die leben ja damit. Gleiches gesellt sich gern«, lachte er und legte ihm die drei Dosen auf den Verkaufstisch.

Emil sagte nichts weiter. Das würde er später machen, wenn er in der Auslage des Geschäfts seine Neuheiten liegen sah.

Im Keller bereitete er den Einstieg ins neue Schnupftabak-Jahrhundert vor.

Auf der Dose stand: 75 g Inhalt. Seine Nasenlöcher waren nicht so groß wie die des Mannes vom Marktplatz. Das bedeutet, er würde mit der Dose länger auskommen.

Emil klopfte mit dem Zeigefinger auf die Dose, bis zwei kleine Tabak-Häufchen auf dem Tisch lagen. Für ihn und dem fremden Schnupfer. Hierbei schätzte er die Größe der Nasenlöcher, um eine entsprechende Menge bereitzustellen. Dann wog er die Mengen und machte daraus ein Mischgewicht. In Facebook stellte er die Frage, wie oft

Leute sich den Schnupftabak einverleiben. Hier kamen die unterschiedlichsten Zahlen zusammen. Von fünf- bis sechsmal, bis hin zu dreißigmal am Tag wurde geschnupft.

»Das ist wohl wie bei den Rauchern. Der eine fünf und der andere vierzig Stück am Tag«, war seine Meinung nach der Auswertung. Er legte die Berechnungen deshalb mit fünf bis zehnmal am Tag niedrig an.

»Sollte später mehr dabei herauskommen, umso erfreulicher.«

Obwohl er der Frau versprochen hatte, selbst nicht zu schnupfen, nahm er die erste Prise im Keller zu sich. In seinem Bekanntenkreis gab es keinen, den er so gut kannte, um für ihn diese Schnupfversuche durchzuführen. Fremde darauf anzusprechen, behagte ihm gar nicht. Schnell ist so eine Idee geklaut und er hätte das Nachsehen.

Die Dose mit dem Tabak in der rechten Hand und den Daumen bereit zur Aufnahme klopfte er sich eine kleine Menge auf den Daumenrücken. Er schaute sich das Häuflein an und schätzte ab, ob es genug sei, um das rechte Nasenloch zu verstopfen. Denn es kam, so viel hatte er verstanden, auf die Menge an. Sollte das Häuflein zu klein sein, würde die Nasenhälfte nicht verstopft und der volle Genuss ginge verloren. Beim Einziehen kommt auch Luft mit hinein und schwächt das Aroma. Ist der Tabakhaufen zu groß, geht nicht alles in die Nase und einiges an Tabak fällt daneben.

Emil glaubte, dass er die richtige Menge dosiert hätte, und führte seine Hand verheißungsvoll an die Nase. Den Kopf ein wenig geneigt, so wie er es bei dem Mann auf dem Markt gesehen hatte, kamen sich Tabak und Nasenloch näher.

Mit dem Daumenrücken an der Nase angekommen, drückt Emil den Genuss in die Nase. Ein kräftiges Einziehen, und der Tabak sollte im Nasenloch verschwinden.

Doch weit gefehlt. Nur ein kleiner Teil des kostbaren Schnupftabaks war in der Nase gelangt. Etwas hatte er falsch gemacht.

Emil überlegte, was nicht stimmte und ging die einzelnen Schritte noch mal durch. Er erinnerte sich an die Prise, die der Mann auf dem Markt zu sich genommen hatte und verglich es gedanklich mit seinem Ablauf. Etwas musste er falsch gemacht oder einen Schritt auszuführen vergessen haben.

Also, die Dose öffnen, in der rechten Hand ablegen, zwischen Daumen und dem Mittelfinger festhalten. Damit ist der Zeigefinger frei, um den Tabak aus der Dose zu klopfen. Den linken Daumen so positionieren, dass eine Fläche für den Schnupftabak gebildet wird. Die benötigte Menge auf den Daumenrücken füllen. Die Tabakdose aus der Hand legen und mit dem Zeigefinger der rechten Hand das Nasenloch verschließen, das keinen Schnupftabak bekommt.

Emil erkannte sofort den Fehler, denn das zweite Schnupfloch hatte er nicht verschlossen. Unverzüglich wiederholte er seinen Selbstversuch und diesmal klappte es auf Anhieb. Fast die gesamte Prise wurde vom Nasenloch aufgenommen, und durch die Verstopfung kam der Tabak voll zur Geltung. Ein fremdes, unangenehmes Gefühl breitete sich aus. Es kribbelte in der Nase. Tabak war in den Rachenraum eingedrungen und zwang Emil, einen Teil zu schlucken.

Der Juckreiz verstärkte sich, und ihm wurde klar, dass er gleich niesen würde. Schnell war das Taschentuch, in dem Falle ein Küchentuch, in die Hand genommen, und schon ging es los.

Ein Niesen nach dem anderen, und jedes Mal wurde ein wenig Tabak ausgeschieden. Aufgefangen im Tuch.

Nachdem Emil sich von der Niessattacke erholt hatte, schaute er sich den Erfolg an. Nicht gerade einladend, was er da sah. Der Tabak hatte sich mit dem Nasenschleim vermischt.

Da die Menge ja aus seiner Nasenöffnung gekommen war, blieb sein Ekel nur gering. *Wenn das erst mal getrocknet ist, sieht das schon wieder anders aus,* machte er sich selbst Mut.

Zum Trocknen bedurfte es Zeit, denn den Föhn konnte er nicht benutzen. Das hätte seine Frau nicht erlaubt und die Gefahr erhöht, dass Tabak verloren ginge. Die „Recycling-

Ware" im Backofen zu trocknen, verwarf er ebenfalls. Die Küche war das Reich der Ehefrau, und die würde ihm das sicherlich nicht nur aus hygienischen Gründen verbieten. Und wissen sollte sie doch von dem Selbstversuch auch nichts.

Trocknet von allein, schien ihm da die richtige, weil unauffälligste Art. Emil breitete das Tuch auf dem Kellertisch aus. So konnte die Ware, die ihm später Reichtümer bescheren sollte, in aller Ruhe trocknen.

Die Unruhe trieb ihn schon am nächsten Tag in den Keller. Nach einer Sichtung und einer Fingerprüfung stellte er fest, dass der Tabak wieder trocken war. Nicht mehr ganz braun, aber getrocknet.

Gefühlvoll kratzte er mit einem kleinen Spachtel den Stoff vom Küchentuch ab. Sofort war ihm klar, dass er für das Auffangen eine andere, bessere Art von Tuch verwenden sollte. Feinste Partikel waren in das Tuch eingedrungen und minderten so die Rückgewinnungsmenge.

Allein der Trocknungseffekt durch das gewählte Tuch wog den Verlust nicht auf. Mehr Geduld, mehr Gewinn. Behutsam stellte er das Frühstücksbrettchen, das er der Einfach halber aus der Küche zweckentfremdet hatte, mit dem Tabak auf die kleine Haushaltswaage. 23,4 Gramm sah er auf der Anzeige.

Das Brettchen wog 19,5 Gramm. Das Küchentuch war zu leicht, als dass es die Waage anzeigen konnte. Er zog trotzdem 0,1 Gramm ab. Es blieb ein Restgewicht von 3,8 Gramm. Sein Einsatzgewicht lag bei fast genau 5 Gramm. Damit hielt er in seinen Berechnungen fest, dass bei jedem Schnupfvorgang etwa 1,2 Gramm verloren gehen würden.

Das ist sicherlich die Menge, die im Magen gelandet ist, stellte er als Ergebnis seines Selbstversuchs fest. Mit diesem einen Versuch würde er sich nicht zufriedengeben. Aber als erster Hinweis genügte es ihm, weitere Gewinnberechnungen anzufertigen.

5 Gramm Einsatz und 3,8 wieder zurück. 24 % sind verloren? – Nein, 76 % wurden wiedergewonnen! Emil hatte schon immer den Hang zum positiven Denken. Das Glas ist halb voll und nicht halb leer. Mit der Überschlagsrechnung von über 70 % der Recyclings-Menge war er mehr als zufrieden. Sieben Euro standen einem Einsatz von zehn Euro entgegen, eingesetzt von fremden Schnupfern.

Emil reinigte sich das Probenasenloch mehr als gründlich. Mit einer kleinen Zahnbürste, die er sich vom Sohn ausgeliehen hatte, rieb er die dunkeln Stellen aus. Nach dem Sichten war er zufrieden. Seine Frau würde nichts merken, und er konnte nun den zweiten Selbstversuch mit dem anderen Nasenloch starten.

Das Frühstücksbrettchen wurde abgewischt und heimlich wieder zu den anderen gelegt. Die Zahnbürste bekam er erst nach einer Behandlung mit einem scharfen Spülmittel sauber. Da würde er beim nächsten Mal in eine Drogerie gehen und sich eine eigene zulegen. Wer Gewinne machen möchte, der muss auch investieren.

Nur nicht auffallen, hieß die Devise. Er wollte seine Frau überraschen, wenn die ersten Euros auf sein Konto kamen. Doch bis dahin war noch ein langer Weg, den sein Körper mit einem erneuten Niesen bestätigte.

Die defekte Pumpe

»Hallo, Herr Bohn, was kann ich für Sie tun?«

»Hallo, Herr Schremser«, beantwortete Herr Bohn meinen Gruß und fuhr fort, dass er meine Hilfe benötige: »Jedenfalls hoffe ich, dass Sie mir helfen können.«

»Worum geht es?«

»Sie kennen doch die Wohnung an der Brehmstraße, gegenüber dem Eisstadion.«

»Ja, da sind aber mehrere Wohnungen von Ihnen.«

»Es geht um die Wohnung in der dritten Etage links. Dort ist damals eine ältere Dame eingezogen. Sie hat mich jetzt angerufen und gesagt, dass ihre Waschmaschine nicht mehr geht. Sie glaubt, dass die Maschine kein Wasser mehr abpumpt. Können Sie sich das mal ansehen? Ich weiß, das ist normalerweise nicht Ihr Metier, aber ich denke, dass Sie das können. Sie haben schon so viele verschiedene Probleme gelöst.«

»Ich kann mir das ja mal ansehen.«

»Das ist gut. Ich gebe ihnen die Telefonnummer der Dame. Dann können sie mit ihr direkt einen Termin ausmachen. Die Dame heißt übrigens Frau Mertin. «

Nachdem er mir die Nummer gegeben hatte, fragte ich ihn noch nach der Abrechnung.

»Das machen Sie bitte direkt mit der Dame aus. Ich habe

ihr gesagt, dass sie Anfahrt und Arbeitslohn berechnen. Sie ist aber unkompliziert.«

»Okay, ich melde mich bei ihnen, wenn ich den Auftrag erledigt habe.«

»Danke für Ihre Hilfe.«

Schon am nächsten Morgen rief ich bei Frau Mertin an. Am Telefon meldete sich eine ruhige Stimme.

»Ja bitte?«

»Hallo, Frau Mertin. Ich bin Herr Schremser und rufe im Auftrag von Herrn Bohn an. Sie haben ein Problem mit der Waschmaschine, und das sollte ich mir mal ansehen.«

»Ach, das wäre gut. Wissen sie, ohne Waschmaschine ist man wirklich etwas hilflos.«

»Wäre es ihnen heute Nachmittag recht, so ab 15 Uhr?«

»Ja, sehr gerne. Ich bin doch froh, dass sich jemand um diese Maschine kümmert. Ich müsste nämlich dringend waschen.«

»Gut, dann werde ich heute Nachmittag bei ihnen sein.«

In der Firma war nicht allzu viel los, so konnte ich etwas früher Schluss machen und fuhr in die Brehmstraße.

Kurz nach meinem Klingeln wurde die Tür geöffnet. Mit meiner Werkzeugkiste ging ich in die entsprechende Etage. Da es ein altes Haus war, gab es keinen Aufzug, dafür aber 3,50 m hohe Wände. Dadurch waren die Treppen entsprechend länger.

Etwas außer Puste, schließlich hatte ich schon einen Acht-Stunden-Arbeitstag hinter mir, kam ich in der dritten Etage an. Ich klopfte an die Tür und auch hier wurde rasch geöffnet.

Eine Frau, so um die 65 bis 70 Jahre alt, stand vor mir. Mein erster Eindruck, eine sehr gepflegte Erscheinung.

»Hallo, Frau Mertin. Schremser. Bitte verzeihen Sie, dass ich etwas früher bin. Aber man weiß ja nie, wie man durch den Verkehr kommt.«

»Um Gotteswillen, ich bin doch froh, dass Sie da sind. Ich weiß doch, dass das mit dem Verkehr immer so eine Sache ist.«

Dabei lächelte sie mich verführerisch an. Erst jetzt bemerkte ich ihre großzügig ausgeschnittene Bluse.

»Kommen Sie doch herein.«

»Danke«, gab ich zurück und ging direkt zum Badezimmer. Die Frau schaute etwas verunsichert.

»Ich kenne mich hier aus. Die Wohnung habe ich renoviert, bevor sie eingezogen sind.«

»Sie haben die Wohnung renoviert?«

»Ja, das habe ich. Wissen Sie, ich arbeite hier und da mal für Herrn Bohn.«

»Also, junger Mann. Ich habe noch nie eine so gut renovierte Wohnung übernommen. Alles war so sauber.

Auch die Fenster waren geputzt. Ich habe dem Herrn Bohn das auch schon gesagt«, hauchte sie mehr, als sie sagte.

»Ja, ich weiß, er hat es mir ausgerichtet. Herr Bohn ist es jedoch gewohnt, dass ich die Wohnungen in einwandfreiem Zustand übergebe.«

Nun wandte ich den Blick von ihrem Dekolleté ab und der Waschmaschine zu. Es war ein wirklich altes Modell, und damit meinte ich die Waschmaschine. Es war eine Waschmaschine, die noch von oben gefüllt wurde.

»Das ist aber ein sehr altes Schätzchen, was Sie da haben.«

»Ja, ich weiß. Diese Maschine habe ich schon dreißig Jahre. Eines Tages werde ich wohl eine neue benötigen. Bis jetzt war aber immer alles in Ordnung. Bis letzte Woche, da ging sie einfach aus. Rührte sich nicht mehr.«

»Ich schaue, was ich machen kann.«

»Wenn Sie was brauchen, dann melden Sie sich bitte. Wasser habe ich Ihnen schon da vorn hingestellt«, zeigte sie auf die Ablage.

Dabei beugte sie sich etwas. Ich entzog mich der Aussicht und sah in die Richtung der Ablage.

»Vielen Dank«, kam dann mehr räuspernd als Antwort heraus.

Die Frau ging aus dem kleinen Badezimmer und ich sah mich etwas um. Auf den Wäscheleinen, die über der Badewanne gespannt waren, hingen Büstenhalter und Slips. Schön aufgereiht sah ich dort blaue, rote, gelbe, schwarze und weiße Wäsche. Alle mit schönster Spitze und in einer Größe, die ich noch nicht kannte.

Bestimmt nicht billig, dachte ich bei mir und weiter: *In so einem Alter ist das nicht üblich oder doch?*

Nur kurz stellte ich mir diese Frau in solcher Unterwäsche vor. Unruhe kam in mir auf, und deshalb machte mich an die Maschine.

Zuerst prüfte ich die Stromzufuhr, und als diese sich als in Ordnung entpuppte, wollte ich einen Probewaschgang starten. Davor löste ich kurz den Zufuhrschlauch und überprüfte die Wasserzufuhr. *Auch okay,* stellte ich fest.

Dann untersuchte ich den Abflussschlauch und den Siphon. Als ich auch hier keinen Fehler feststellen konnte, stellte ich die Maschine an. Sie begann mit dem Waschgang und spülte. Dann stellte ich das Programm auf Schleudern. Die Maschine stoppte, pumpte aber nicht ab.

Scheint tatsächlich die Pumpe zu sein, dachte ich, und drehte die Wasserzufuhr ab. Dann zog ich den Stecker.

»Frau Mertin, haben Sie mal eine flache Schüssel. Ich muss das Wasser aus der Maschine ablassen.«

»Ich komme«, hörte ich aus dem Wohnzimmer.

Zu meiner Überraschung hatte sich Frau Mertin inzwischen umgezogen und erschien nun in einem etwas luftigen Jogginganzug im Bad. Ich bemerkte, dass sie jetzt keinen Büstenhalter mehr trug. Die eben noch nach oben gerichteten Auswüchsen einer Frau waren inzwischen viel tiefer gelagert. Ihre Jogginghose war sichtlich zu eng und zeichnete sämtliche Konturen ihres Körpers ab. Auch die ihrer Scheide, da sich die Hose bis tief in den Schritt gezogen hatte. Nachdem ich mich geräuspert hatte, wiederholte ich meinen Wunsch nach einer Schüssel.

»Ja, ich hole eine«, und schon war sie wieder weg. Nachdem sie mir die Schüssel gegeben hatte, fragte sie, ob sie mir sonst noch etwas helfen könne. In Anbetracht ihrer Erscheinung, wusste ich zwar, was sie meinte, verneinte aber ihr Angebot und das nicht nur, weil ich noch die Waschmaschine vor mir hatte.

Nachdem ich das Wasser entsprechend entfernt hatte, legte ich die Maschine flach auf den Boden und sah ins Innere. Ich konnte mir denken, dass auch jemand anders gerne flachgelegt worden wäre.

Nach dem Ausbau der Pumpe überprüfte ich mit einem leichten Wasserstrahl im Waschbecken, ob sie einen Durchfluss hatte. Doch der war nicht gegeben. Nun baute ich die Pumpe auseinander. Dann sah ich den Fehler. Etwas hatte sich um das kleine Flügelrad gewickelt und verhinderte so, dass es sich drehen konnte.

Keine Drehung, kein Abpumpen. Ich nahm dieses Etwas und wickelte es von dem Rad ab. Nachdem ich es vollends entfernt hatte, sah ich zu meinem Erstaunen ein Kondom.

Das hatte sich um die Welle der Pumpe gewickelt und sie dadurch blockiert. Ich legte das Kondom auf den

Waschbeckenrand und rief Frau Mertin.

»Können Sie noch mal kommen?«

»Ja, gerne, wo kann ich helfen?«

Ihre Stimme hörte sich erwartungsvoll an.

Als sie im Bad erschien, zeigte ich ihr den Verursacher.

»Schauen sie mal, Frau Mertin. Das Kondom hat sich an der Pumpe festgesetzt und diese dann blockiert.«

Ich deutete auf das Kondom und hob es dann auch an. Natürlich hatte ich keinen Ekel vor diesem Ding. Gewaschen war es ja.

Als sie es sah, bekam sie einen hochroten Kopf. Es dauerte eine Weile, bis sie antworten konnte.

»Oh, wie kommt das denn da rein?«, stammelte sie verlegen.

»Das weiß ich nicht. Ich habe es ja nur gefunden. Es kommt häufig vor, dass in den Taschen noch das eine oder andere Utensil nicht herausgenommen wird und so in der Maschine landet. Durch die Zentrifugalkraft wird es dann aus der Tasche herausgeschleudert und landet so an der Pumpe. Gut, dass ich den Fehler gefunden habe, dann wird Ihre Maschine sicherlich auch wieder funktionieren.«

»Ach, da bin ich aber froh. Beim nächsten Mal werde ich besser aufpassen!« Und schon war sie verschwunden.

Aufgepasst hatten sie doch, dachte ich schmunzelnd.

Obwohl ich mir nicht vorstellen konnte, dass das Kondom

benutzt wurde, um eine Schwangerschaft zu verhindern.

Das Kondom legte ich nun wieder schön längs auf das Waschbecken. Dann baute ich die Pumpe wieder ein, schloss die Maschine erneut an und machte einen Probelauf. Natürlich funktionierte die Maschine wieder einwandfrei.

»Frau Mertin, können Sie noch mal kommen?«, rief ich aus dem Bad.

Schnell war sie wieder da und schaute mich an.

»Die Maschine läuft wieder einwandfrei.«

»Ach, Sie sind ein Schatz, ich könnte Sie küssen.«

In Anbetracht, dass ich hockte und mein Werkzeug zusammensuchte, war es ihr Gott sei Dank nicht möglich, so konnte ich ihr auszuweichen.

Etwas enttäuscht, sagte sie dann: »Was bekommen Sie für die Reparatur?«

»Ich komme gleich ins Wohnzimmer nach und schreibe Ihnen die Rechnung.«

Frau Mertin tat wie ihr geheißen. Nahm aber diesmal das Kondom mit.

Auf meiner Uhr war es jetzt 16.30 Uhr. Ich hatte also knapp zwei Stunden gebraucht. Nachdem ich mein Werkzeug zusammengeräumt und meine Hände gewaschen hatte, ging ich zu ihr ins Wohnzimmer.

»Also Frau Mertin. Für die Reparatur und Anfahrt bekomme ich sechzig Mark.«

Sie stand auf und ging zum Wohnzimmerschrank und öffnete eine der Schubladen. Dabei fiel mir auf, dass sie für ihr Alter einen strammen Hintern hatte.

Sie wird viel Sport machen, dachte ich mir. Auch, weil ich ein Trimm-dich-Rad im Zimmer sah.

»Hier, junger Mann«, kam sie zu mir und drückte mir siebzig Mark in die Hand und sagte: »Ist gut so.«

»Danke. Ich werde Herrn Bohn anrufen und ihm sagen, dass sich etwas in der Pumpe verfangen hatte und sie deshalb nicht mehr funktionieren konnte.«

»Danke, für ihre Diskretion.«

»Kein Problem, Frau Mertin. Es ist doch gut, wenn Menschen auch im Alter noch aktiv sind.«

»Möchten Sie sich nicht etwas ausruhen und noch etwas trinken?«

Dabei sah sie mich an, als ließe sie kein Nein zu.

»Leider habe ich noch einen anderen Auftrag. Siphon undicht, die Dame wartet auch auf mich. Ein andermal werde ich sicherlich darauf zurückkommen.«

»Sie haben ja meine Nummer. Sie können mich jederzeit auch mal nur so besuchen.«

»Ich werde mich melden. Für heute wünsche Ihnen erst mal viel Freude beim Waschen.«

Ich gab ihr die Hand und verließ das Wohnzimmer. Schnell war sie hinter mir her und machte die Tür auf.

»Vielen, vielen Dank«

»Bis bald«, und schon war ich zur Türe raus.

Sie schaute mir noch nach und schloss dann die Wohnungstür.

Hatte ich da ein Seufzen gehört?

Hilfe ich bin ein Spanner

Vor einiger Zeit hörte ich im Radio, dass ein Familienvater verhaftet wurde. Der Grund seiner Verhaftung: UNERLAUBTES BEOBACHTEN VON PERSONEN IN IHRER PRIVATSPHÄRE.

Ein Spanner eben. Übersetzt heißt das, dass er beschuldigt wird, etwas beobachtet zu haben, was nicht für seine Augen bestimmt war.

Mir wurde ganz anders, als ich das hörte. Denn mir war sofort klar, dass auch ich ein Spanner war. Und das eigentlich immer schon.

Mein erstes Spanner-Erlebnis, an das ich mich erinnere, hatte ich an einem Weihnachtsabend. Genauer gesagt, Heiligabend, und ich war gerade mal sieben Jahre alt. Doch ich erinnere mich noch sehr gut daran.

An diesem Abend, als alle beteten und sich über die Geburt Christi freuten, war ich als Spanner tätig. Meine Eltern, mein Bruder und ich standen vor dem festlich geschmückten Weihnachtsbaum und sangen: »Oh Tannenbaum, oh Tannenbaum«.

Mein Blick war aber nicht auf das Gesangbuch gerichtet, meine Augen starrten auf den Weihnachtsteller meines Bruders.

Da er zwei Jahre älter war, lagen einige Köstlichkeiten auf seinem Teller, die ich nicht hatte. Besonders der größere

Weihnachtsmann zog mich magisch an. Mit starrem Blick sah ich dieses Objekt meiner Begierde an.

In Gedanken zog ich ihm seine Weihnachtsrobe aus, und als ich ihn nackt, so braun gebrannt, vor mir sah, konnte ich nicht anders und fiel gedanklich über ihn her. Den halben Kopf biss ich ihm ab. Ich verschluckte mich daran, weil dieser Abbiss zu groß war. Was im wahren Leben zu einem Hustenanfall führte und die Gesangseinlage jäh unterbrach.

Bei meiner Einschulung hatte ich nur Augen für die Tüten der anderen. Besonders die große Tüte Ernas hatte es mir angetan. Sie war nicht nur groß, das war meine ja auch, aber sie schien schwerer zu sein.

Was denn da wohl in ihrer Tüte ist?, fragte ich mich und schlich ständig um Erna herum. Dann öffnete sie für einen kurzen Moment die Schleife des Papiers, was bis dahin den Inhalt verdeckt hatte.

Wie zufällig schaute ich hinein und sah einen bunten Malkasten sowie eine Tüte mit Gummibären. Meine Lieblingssorte. Ich hatte gesehen, was ich sehen wollte und wich von nun an nicht mehr von Ernas Seite. Jedenfalls so lange, bis sie endlich die Gummibärchen herausnahm und wir sie gemeinsam verspeisten.

Die nächste Einsicht, dass ich wohl einen Hang zum Spannen hatte, kam mir in der Schule.

Sobald die Lehrerin die Schulklasse betrat, groß, mit

blonden Haaren und wunderschön anzusehen, hafteten meine Blicke auf ihr. Genauer gesagt, auf ihren Händen. Denn damit hielt sie das Notenbuch fest. Nachdem sie es abgelegt und geöffnet hatte, grübelte ich darüber nach, wie ich diesem Buch der Geheimnisse so nah wie möglich kommen könnte, um entsprechende Einsichten zu haben.

Die beste Gelegenheit dafür bot sich, wenn man zur Tafel musste. Wurde von der Lehrerin also eine Aufgabe gestellt, die an der Tafel gelöst werden musste, schnellte sofort meine Hand hoch. Auch wenn ich nicht direkt in der Richtung des Schreibtisches saß, so schaffte ich es, wenn ich denn drankam, ziemlich nah an ihn heranzukommen. Beim langsamen Vorbeigehen konnte ich einen Blick in das aufgeschlagene Buch werfen.

Ich hatte einen Nachnamen, der mit „S" begann, und im Klassenbuch wurden die Namen alphabetisch geführt. Nach mir gab es nur noch zwei Schüler, deren Namen hinter meinem aufgeführt wurden. Klaus Uhlmann und Walter Vogt.

In dem Augenblick, in dem ich in das Buch schaute, sah die Lehrerin mich an. Auch wenn sie grundsätzlich die Klasse im Blick behielt, meinen Spannerblick bekam sie doch mit. Schnell war sie an ihrem Schreibtisch und schlug das Buch zu.

Zu spät, ich hatte gesehen, was ich sehen wollte. Als letzter Eintrag in meiner Zeile hatte ich eine Zwei erspäht.

Die Note der Mathearbeit. Oder war es gar eine Eins, mit etwas verschnörkelter Schrift? Jedenfalls war es keine drei oder vier. Nein, ich war mir sicher, es war eine Zwei.

Ich wusste meine Gesamtnote noch nicht, aber das war mir in dem Moment auch nicht so wichtig. Befriedigt über meinen Erfolg setzte ich mich wieder hin.

Alle Klassenkameraden mussten nun bis zur Mathestunde nach der großen Pause warten, um ihre Note zu erfahren.

Diese gute Note hatte ich zum Teil übrigens auch meiner Neigung und einer guten Sitzposition zu verdanken.

Evelyn, meine Klassenkameradin und Banknachbarin, war Klassenbeste in Mathematik. Bei jeder Arbeit, die wir schrieben, drehte ich ein Auge in ihre Richtung. Fast einem Chamäleon gleich sah ich mit dem einen Auge auf mein Heft und mit dem anderen auf ihre Lösungen. Die ich ohne nachzufragen übernahm, sollte ich zu einem anderen Ergebnis gekommen sein.

Der Erfolg gab mir recht und Evelyn bekam einen lieben Blick.

Ab 18 habe ich mich auch in dem Tabakladen an der Ecke mehrmals getraut, ungesetzliche Blicke auf Objekte meiner Begierde zu werfen. Neben Zeitungen und Rauchwaren gab es dort auch eine Lotto-Annahmestelle. Sah ich eine Person an dem Tisch, an dem ein Lottoschein ausgefüllt werden konnte, ging ich hinein und stellte mich daneben. Die

Älteren hatten ihre Urzahlen auf einem Zettel vor sich liegen und übertrugen sie auf ihren neuen Spielschein. Da sie dafür etwas länger benötigten und die Zahlen auch gut lesbar aufgeschrieben waren, war es ein Leichtes, diese Ziffern zu übernehmen. Nach jedem kurzen, aber gezielten Blick wurde mein Lottoschein mit einem neuen Kreuz bedacht. So verdiente ich mir die eine oder andere Mark mit den Zahlen der erfahrenen und von mir beäugten Spieler.

Es gibt Menschen, die haben den Beruf Spanner gewählt, obwohl es diese Berufsbezeichnung gar nicht gibt.

Sie nennen sich z. B. Zahnärzte, Gynäkologen, Urologen oder Förster.

Die Zahnärzte sehen nicht nur Zähne wie die von Roberto Blanko, sondern auch die eines Neandertalers. Sie können oft erkennen, was der Patient vor der Untersuchung oder auch am letzten Abend gegessen hat. Sie sind somit gezwungene Spanner, die sich Dinge ansehen müssen, die sie eigentlich nicht sehen möchten.

Die Gynäkologen haben aus Sicht der Möchtegern-Spanner den besten Beruf. Doch auch sie sehen vielfach Dinge, die ihnen keine Freude bereiten.

Viele, die den Beruf Gynäkologe gewählt haben, landen dann doch in der Gastroenterologie. Eigentlich liegen zwischen diesen beiden Berufen nur zwei Zentimeter. So landen Sie anstelle der Vagina bei den Darmausgängen.

Bleibt noch der Förster mit dem typischen Spanner verhalten. Fernglas in der Hand, versteckt im Wald, auf einem Hochsitz. Jeden Moment bereit, das Glas hochzunehmen und zu beobachten. Bewegungen über sein verstärktes Auge einzufangen, die sonst niemand zu Gesicht bekommt.

Viele weitere Berufe haben als Grundlage, etwas zu sehen, was andere nicht erblicken sollen und dürfen.

Mein letztes Erlebnis war ein Besuch in einem neu eröffneten Restaurant mit dem Namen „Heimatstübchen".

Gute bürgerliche Küche, die meine Frau und ich ausprobieren wollten. Als wir das Lokal betraten, kam ein Kellner auf uns zu und fragte: »Zwei Personen?«

Nachdem ich meine Frau angesehen, und dann mich dazu gezählt hatte, sagte ich: »Ja, stimmt.«

Der Kellner lief voraus und zeigte uns einen Tisch, an dem wir Platz nehmen sollten.

Beim Gang durch das Lokal wanderten meine Augen in alle Richtungen. Meine Ohren nahmen so viele Geräusche auf, wie sie nur konnten.

»Können wir uns nicht dahin setzen?«, fragte meine Frau und zeigte auf einen Tisch am Fenster. Sie hatte gesehen, dass ich diesen Tisch besonders im Auge hatte.

»Sehr gerne«, antwortete der freundliche Kellner und eilte weiter voraus.

Nachdem wir Platz genommen hatten, legte er uns die Speisekarten vor.

»Darf es schon mal etwas zu trinken sein?«

»Wir schauen erst mal, danke.«

Und das taten wir dann auch. Meine Frau schlug die vor ihr liegende Karte auf.

»Schau mal, dieses Lokal macht endlich mal die Reihenfolge richtig.«

Nachdem ich sie etwas irritiert angesehen hatte, sagte sie: »Na, zuerst kommt die Getränkekarte und dann erst die Speisekarte.«

Während sie in der Getränkekarte las, schaute auch ich, aber nicht in die Karte. Nein, mein Blick wanderte von Tisch zu Tisch.

Schnell wurden meine neugierigen Augen fündig. Alles, was mein Spannerherz begehrte, war zu sehen. Überall die schönsten Frauen und vor ihnen auf den Tischen ihre Getränke. Rotwein, Weißwein, Coca-Cola, Wasser.

Meine Augen wanderten weg von den Frauen und blieben bei den Herrengetränken haften. Pils und Altbier.

Plötzlich griff eine Hand ein Glas meiner Augenlust, führte es zum Mund und die Hälfte der Altbier-Spannerbegierde verschwand in diesem Schlund.

Noch in schmerzlichen Gedanken vertieft, hörte ich den Kellner fragen, ob wir schon gewählt hätten. Meine Frau bejahte dies und bestellte sich eine Weißweinschorle. Ich nahm ein Altbier, hatte ich doch gesehen, wie gut es dem anderen schmeckte.

Mein Blick war nun auf das Pils vom Nachbartisch gerichtet. Es sah auch lecker aus, und ich fragte mich, ob ich mit meiner Bestellung wohl das Richtige ausgewählt hatte. Doch bevor ich die Biersorte ändern konnte, war der Kellner schon wieder weg.

»Das Essen haben wir aber noch nicht ausgesucht«, hörte ich meine Frau sagen, als ich dann auch das Pils am Nachbartisch in einem großen, weit geöffneten Mund verschwinden sah.

Auch ich begann jetzt, der schönen Aussichten beraubt, mit dem Lesen der Speisekarte.

Aber kaum, dass ich den Blick darin vertiefen wollte, erfassten meine neugierigen Augen eine Kellnerin, die viel zu tragen hatte. Sofort vielen mir die Erhöhungen auf, die auf den Tellern zu sehen waren.

Bratkartoffeln. Auch Salatblätter erfassten meine Augen. Nicht weit von unserem Tisch wurden die Teller an die dort sitzenden Gäste verteilt. Ich konnte sehen, dass bei einem Gast etwas Paniertes obenauf lag. Und nach genauer Betrachtung, ich hatte mich leicht erhoben, konnte ich auch den Schwanz eines Fisches entdecken.

Bei einem weiteren Gast waren unter einer Pilzsoße ebenfalls Erhöhungen zu sehen. Nach einem schnellen Blick in die Karte, wusste ich, dass es Schweinelendchen,

Bratkartoffeln und Champignonsoße waren, die dem Herrn aufgetischt wurden.

Beides sah sehr ansprechend aus und kam für mich schon in die engere Wahl. Da das Lokal gut gefüllt war, gab es deshalb noch Gelegenheit zu weiteren Sichtungen, als die Kellnerin nach und nach Gerichte servierte.

Um sicher zu sein, das ein oder andere Angebot nicht leibhaftig gesehen zu haben, täuschte ich meiner Frau einen Harndrang vor und suchte die Toilette auf. Der Weg zum WC und zurück wurde so gelegt, dass ich fast das ganze Lokal, genauer gesagt die Gerichte auf den einzelnen Tischen, sehen konnte. Ärgerlich, wenn Leute ihre Teller so leer aßen, dass fast kein Hinweis mehr zu erkennen war, was sie denn verspeist hatten. Lediglich die liegen gebliebenen Salatbeilage, gab dann noch gewisse Hinweise.

Am Ende entschied ich mich für den Fisch mit den Bratkartoffeln, meine Frau wählte einen Salatteller. Da ich diesen auf keinem anderen Tisch gesehen hatte, war ich wirklich gespannt, was ihr serviert würde.

Der Fisch war ausgezeichnet, und mein Teller war, genau wie der des Vorkosters, leergeräumt. Der Salatteller meiner Frau entpuppte sich als nicht so auserlesen und ich beschloss, in Zukunft auch für sie die Augen offenzuhalten. Denn sie sollte sich, wie ich, ebenfalls an ihrem bestellten Essen erfreuen können.

Heute, da ich im gesetzten Alter bin, sitze ich oft auf dem

Balkon und lasse meiner Spannersucht freien Lauf. Nun sind Kohlmeisen, Elstern und Eichhörnchen Ziel der Begierde. Besuch einer Polizeistreife werde ich deshalb aber nicht bekommen.

Kein Zurück ins Glück

Da bist du nun, verlassene Frau,
sitzt ihm gegenüber und schaust genau.
Auch er betrachte dich wie schon immer,
deine Augen haben den Glanz von Glimmer.

Kann sich dem kaum entziehen,
als wäre der Blick lange nur entliehen.
Er ging, als es Zeit für ihn war,
zu früh, ist ihm heute klar.

Da bist du nun, entsagte Frau,
hast Augen herrlich blau,
die er hat verlassen müssen,
weil er eine andere wollte küssen.
Seine Lust nahm ihm den Verstand,
deshalb er sich zur Anderen bekannt.
Die Sinne nicht mehr auf dich bedacht,
nur noch an die Andere gedacht.

Da bist du nun, ach schöne Frau,
siehst seine Haare, sie sind grau.
Du spürst, was er zu sagen habe,
doch dein Blick trägt das zu Grabe.
So verstummte er, ist von Sinnen,
ach, könnten sie noch mal von vorn beginnen.
Du zeigst ein Bild von deinem Neuen,
er kann sich daran nicht erfreuen.

Da bist du nun, Sehnsucht Frau,
sieht dich nur noch ungenau.
Zerstörst die Träume vom Zurück,
von einem erneuten Glück.

Er muss unter schweren Zwängen,
dich aus seinem Kopf verdrängen.
Er hat nun erkannt,
Glück ist nicht mit Lust verwandt.

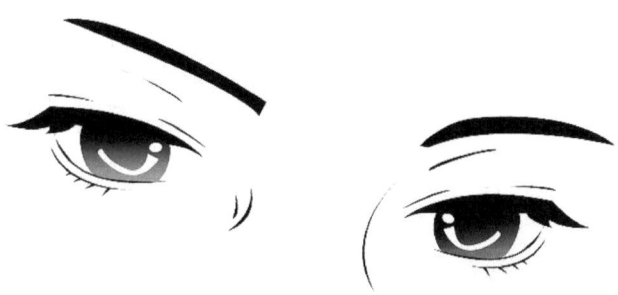

Rentner müssen sparen

Seit einiger Zeit sind meine Frau und ich Rentenempfänger. Wir wussten im Vorfeld, dass wir dann sparen müssen.

Die erste Einsparung brachte uns leider keine finanzielle Entlastung. Wir schauten beide auf die allererste Rentenzahlung und schon war die gute Laune eingespart.

Letzten Monat bat ich meine Frau, mal aufzuschreiben, was wir so ausgeben und vor allem, wofür wir das Geld ausgegeben. Beim Sichten der einzelnen Posten war uns schnell klar, da gibt es einiges an Sparpotenzial.

Bedauerlicherweise nicht bei der Miete. Übrigens, ein sehr unangenehmer Posten, macht der bei uns doch einen großen Teil aller festen Ausgaben aus.

Doch die Liste, wo man zugegeben sparen könnte, war ja lang.

Als Erstes stach mir der Posten Getränke ins Auge. Cola, Wasser und Bier waren auf einem Kassenbon zu sehen.

Der Vorschlag von mir, die Cola wegzulassen, damit wir erstens Geld sparen und zweitens sie an Gewicht, hielt meine Frau für gut. Dann überlegte ich, dass wir auch das Wasser nicht mehr kaufen, sondern uns ein SodaStream-Gerät zulegen sollten, um damit das Leitungswasser aufzupeppen.

Da legte meine Frau ein Veto ein, weil sie doch keine Kohlensäure verträgt. Ich habe das sofort akzeptiert und das Gerät natürlich nicht gekauft. Mal ehrlich, so schlecht ist unser Wasser aus der Leitung nicht, dass man es nicht so trinken könnte.

Dann waren wir bei dem Posten Bier. Mir war sofort klar, dass ich da sparen muss. Bisher trank ich jede Woche eine Kiste Bier. Das habe ich geändert. Jetzt trinke ich nur noch drei Flaschen am Tag.

Da wir jetzt den Wasserverbrauch durch das direkte Trinken aus der Leitung erhöhen würden, suchte ich sofort nach einem Ausgleich, um die zusätzliche Wassermenge wieder einzusparen.

Den fand ich natürlich. Und zwar beim Duschen. Weniger Reinlichkeit kam dabei aber nicht in Betracht. Schließlich geht man unter Leute. Aber eine bessere Ausnutzung der verbrauchten Wassermenge strebten wir an.

Unsere Brause ist über der Badewanne, also keine Extra-Dusche. Wer duscht, der steckt jetzt den Stopfen in den Abfluss. Dadurch wird das Wasser aufgefangen und sammelt sich in der Wanne. Wenn meine Frau dran ist mit Duschen, dann bade ich in dem Sammelwasser. Am nächsten Tag natürlich dann umgekehrt.

Ein Ärgernis ist vor allem der Stromverbrauch. In den Wintermonaten ist der sehr hoch. Meine Frau friert immer so schnell, da ist eine Wärmflasche für sie ein Muss. Der benötigte Wasserkocher ist jedoch ein echter Stromfresser, und wir beschlossen, den nicht mehr einzusetzen. Frieren lassen wollte ich meine Frau aber auch nicht. Irgendwo hört dann die Freude am Sparen auf.

Da ist mir Folgendes eingefallen: Immer, wenn die Temperaturen nach unten gingen und ich wusste, dass meine Frau die Wärmflasche benötigte, stellte ich den Essensplan um und kochte Nudeln oder Kartoffeln. Das Wasser davon wurde ja nach dem Kochen nicht mehr gebraucht und normalerweise weggeschüttet. Jedenfalls bisher.

Das Abschütten und gleichzeitige Einfüllen in die Wärmflasche benötigten ein wenig Übung, aber Mann ist ja lernfähig.

In dem Nudel- oder Kartoffelwasser wurden auch gleich die Eier für die ganze Woche mitgekocht, das lag auf der Hand. Ich selbst esse ja keine Eier und meiner Frau macht es nichts aus, wenn sie mal zu weich oder zu hart sind.

Die Eieruhr ist deshalb aber nicht arbeitslos. Sie wurde zur Zeituhr für das Duschen. Wir stellen sie auf fünfeinhalb Minuten ein. Passt gut, bei ihr muss ich die Sommer- und Winterzeit nicht umstellen.

Samstags bekommt meine Frau drei Minuten Zugabe, weil sie dann ihre Haare wäscht. Ich schaffe das mit meinen Haaren in der normalen Zeit und helfe somit, den Verbrauch in Grenzen zu halten.

Im Sommer, wenn das Wetter besser ist, werden die Fahrräder wieder auf Vordermann gebracht. Der Posten

Auto ist ein nicht unerheblicher Kostenfaktor. Um Spritkosten zu sparen, habe ich, also wir, beschlossen, dass wir unsere Einkäufe mehr zu Fuß oder eben mit dem Fahrrad erledigen. Besonders die schweren Sachen kann meine Frau nicht den weiten Weg tragen, und da hilft ihr der Tragekorb vorn und hinten an ihrem Fahrrad. Gleichzeitig kann sie so ihr Fitnessprogramm abarbeiten, das ich gezielt für sie ausgearbeitet habe. An Sport sollte sie nicht sparen. Das übernahm ich komplett.

In der Kostenaufstellung fiel uns weiter auf, dass meine Frau viele Produkte in den großen Drogeriemärkten kauft, die der Gesundheit und der Schönheit dienen. Ich konnte meine Frau davon überzeugen, dass Schönheit von innen kommt.

Also sollte sie ihre natürliche Erscheinung in den Vordergrund stellen und ihren Körper durch Sport stärken. Schminke, Creme, Wattebäuschen und Nahrungsergänzungsmittel fielen gänzlich weg.

Ein weiterer Strom- und Wasserkostenfaktor auf der Liste ist die Waschmaschine. Bisher war sie jede Woche im Einsatz. Das konnte durch die folgenden Maßnahmen reduziert werden: Dadurch, dass ich nur noch vier Unterhemden und zehn Unterhosen im Monat beschmutze, ist der Wäschekorb nur zu einem Drittel gefüllt. Inwieweit sich meine Frau dabei einschränkt, habe ich nicht kontrolliert. Schließlich geht hier Vertrauen vor dem

Nachzählen.

Die Handtücher und die Bettwäsche bleiben länger in Gebrauch. Mir persönlich fällt dabei nichts Unangenehmes auf. Lediglich die Katze mied nach 14 Tagen unser Bett. Die Gästehandtücher werden nach dem Trocknen wieder gefaltet und in dem Stapel nach unten einsortiert.

Da wir einmal im Jahr zur Zahnreinigung gehen und ich festgestellt habe, dass pro Zahn abgerechnet wird und nicht nach Verschmutzungsgrad, putzen wir sie uns nur noch morgens. Da sparen wir mehr als nur eine Tube Zahnpaste im Monat ein.

Seit wir diese Maßnahmen durchführen, haben wir es geschafft, auch unsere Freunde zum Sparen zu animieren. Sie sparen es sich, uns zu umarmen oder uns zu besuchen.

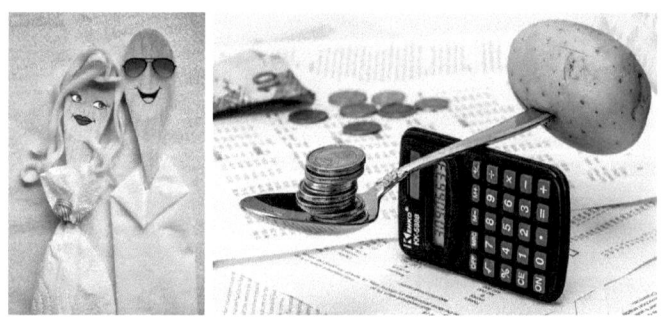

Peinliche Visite

Es war der dritte Tag nach Herrn Winters OP. Seine Nerven wurden langsam auf eine harte Probe gestellt. In einem Dreibettzimmer eine Nacht zu verbringen ist möglich, ohne dass man Schaden nimmt. Mehrere Tage und Nächte sind jedoch schon eine Herausforderung. Besonders dann, wenn man als Patient das Bett in der Mitte bekommen hat.

Zu seiner Linken lag ein Patient, der glaubt, dass er ein Einzelzimmer habe. Er schaut Fernsehen, wann immer er Lust dazu hat. Nachts um zwei oder morgens um fünf. Sein Gähnen gleicht einem Hahnenschrei, und da er wegen des Fernsehers kaum Schlaf findet, stößt er ihn nicht nur in den frühen Morgenstunden aus. Oder er schläft ein und lässt den Bildschirm an. Ton hört man nicht, da der über Kopfhörer gesteuert wird, doch das Flackern der Bilder erhellt den Schlafraum. Über seine Essgewohnheiten – auch außerhalb der Mahlzeiten – wird in dieser Geschichte aus Pietätsgründen nichts berichtet.

Rechts von seinem Bett lag ein Mann, der offenbar in den Amazonaswäldern geboren wurde. Er sägt pro Nacht mehr als hundert Bäume nieder.

Hinzu kommt, dass Herr Winter sonst eigentlich immer auf der Seite liegend nächtigt. Nach der OP muss er aber auf dem Rücken ruhen, bis sich das Gewebe um seine neue

Hüfte wieder festigt.

Die einzige Freude, die Herr Winter derzeit hat, erlebt er mit seinem neuen „Sportwagen". Ein silberner Rollator mit schwarz abgesetzten Felgen. Mit ihm düst er nun herum und macht die Gegend unsicher. Die Strecke, die er an den ersten Tagen mit Begleitung mehrmals am Tag abfahren durfte, war die vom Bett zur Toilette. Der Duschraum ist nur fünf Meter vom Bett entfernt, aber für ihn war es anfangs eine Marathonstrecke.

Oft war die Tür von innen verschlossen, da gerade ein Patient vom Nachbarzimmer das Bad benutzte. Ein von zwei Seiten begehbares Badezimmer ist eben nicht so prickelnd. Es sei denn, man liebt Begegnungen, wenn der holde Nachbar vergessen hat, die Zweittüre zu verschließen.

Dann durfte Herr Winter auf den Flur. Der wurde nun zum Nürburgring. Seine Rennpiste. Mehr als 80 Schritte lang. Mehrmals am Tag wurde dort trainiert. Der Physiotherapeut war mit Herrn Winter sehr zufrieden und erlaubte ihm auch schon mal einen Gang ohne Aufsicht.

»Aber immer schön langsam und Pausen einlegen. Fallen Sie hin, kann das fatale Folgen haben!« Und dann hörte sein Patient eine lange Leier von Horrorgeschichten, die gestürzten Patienten widerfahren waren.

In der Nacht war er wie üblich nach nur kurzem Tiefschlaf wieder wach geworden. Fernseher, Gähnen, und

Schnarchen vom Nachbarbett her machten ein Durchschlafen unmöglich. Den Durst, den er empfand, konnte er nicht stillen, denn die Wasserflasche am Bett war leer. Zum Nachfüllen musste man bis zum anderen Ende der Station. Dort stand ein Wasserspender, an dem man die geliehene Kunststoffflasche auffüllen konnte. Also stand er auf, nahm seinen Rolli und machte sich auf den Weg zur Quelle.

»Hallo Herr Winter, was ist los? Sie wissen doch, dass Sie nur unter Aufsicht umhergehen dürfen.«

»Kein Wasser mehr, Schwester Silke«, zeigte er ihr die leere Flasche. Ergänzte dann: »Außerdem hat Herr Breidenbroich mir erlaubt, im Flur mit Rollator zu laufen.«

»Kommen Sie, ich tausche sie Ihnen aus. Ich habe einige volle im Schwesternzimmer.«

»Ach, nicht nötig, ich kann doch sowieso nicht schlafen. Die beiden im Zimmer nerven wirklich und so finde ich hier auf dem Gang ein wenig Ruhe. Ich gehe auch ganz langsam.«

Die Schwester hörte zwar zu, lief jedoch in das Schwesternzimmer und brachte ihm eine gefüllte Flasche.

»War doch richtig, ohne Kohlensäure für Sie?« Sie schaute ihn strahlend an, als sie ihm die leere Flasche aus der Hand nahm.

»Ja, das stimmt. Danke.«

Enttäuscht, jetzt schneller wieder da zu sein, wo er keine

Ruhe fand, drehte er sich samt Wagen um und begann, in Richtung Zimmer 205 zu schlurfen.

»Herr Winter, ich gebe Ihnen lieber mal einen kleinen Schlaftrunk«, rief Schwester Silke hinter ihm her. »Dann schlafen Sie den Rest der Nacht wie ein Dornröschen. Gehen Sie schon mal aufs Zimmer. Ich komme dann.«

Kaum, dass er im Bett lag, kam sie auch schon und brachte ihm ein kleines Gläschen, was an einen Fingerhut erinnerte. Darin eine Flüssigkeit.

»Hier, Herr Winter. Trinken Sie das und schlafen Sie schön. Morgen ist Visite, wollen wir hoffen, dass der Oberarzt sie entlässt. Eigentlich können wir ja nichts mehr für Sie tun. Und in drei Tagen geht es doch sowieso in die Reha. Gute Nacht.«

»Das würde ich mir auch wünschen! Na, mal sehen, was wird.« Er nahm den Fingerhut und trank den ihm gereichten „Schlaf". Nachdem er auch eine Menge von dem frischen Wasser getrunken hatte, lehnte er sich zurück, und mit den Gedanken an eine baldige Heimreise schlief er schnell ein.

»Guten Morgen, Herr Winter. Herr Winter! Hallo! Aufwachen!« Aus weiter Ferne hörte er Stimmen, die seinen Namen riefen. Dann fühlte er Hände, die ihn leicht rüttelten. Er schlug die Augen auf und sah eine Menge weißer Kittel an seinem Bett.

»Hallo, Herr Winter. Guten Morgen. Na, Sie haben aber einen gesunden Schlaf. Das kann nicht jeder in einem Dreibettzimmer!«

Der angesprochene Patient verstand aber nur die Hälfte, da er noch nicht voll aufnahmefähig war. Begriff aber langsam, dass es sich um die Visite handeln musste. Schlagartig wurde er wach. Schließlich wollte er doch nach Hause.

»Ja – ist okay, sorry, ich habe wohl verschlafen.«

»Alles gut, Herr Winter, alles gut. Wir wollen mal sehen, was Ihre Wunde so macht.«

Es mussten sechs oder sieben Personen sein, die an seinem Bett standen. *Alle, um eine Wunde zu sehen,* dachte er und kam sich fast wichtig vor. Eine Schwester nahm die Bettdecke und zog sie zurück, damit der Oberarzt freie Sicht auf seine Wunde auf dem Bein hatte.

»Oh«, hörte er auf einmal von einigen der Anwesenden.

Alle starten auf seine Wunde. *Was ist so besonders daran, dass sie so erstaunt sind?* fragte er sich im Stillen, erinnerte sich aber dann an ehemalige Wunden, die immer schnell verheilt waren. *Klar, ich habe gutes Heilfleisch, aber dass sie deshalb so in Verzückung geraten, ist mir dann doch schleierhaft.*

Dann schaute er selbst nach unten, und auch er konnte sich ein »Oh!« nicht verkneifen. Schob aber schnell noch ein »Verzeihung!« hinterher.

Durch die nächtige Aktion der Wasserzufuhr war es zu

einer vollen Blase gekommen, die offenbar auf eine Blutbahn drückte. Die Folge war, dass sich sein Glied versteift hatte und aus dem Slip hervorlugte.

»Nun, ich glaube, wir können Herr Winter schon heute nach Hause schicken. Sein Heilungsprozess ist jedenfalls ausgezeichnet fortgeschritten«, wandte sich der Oberarzt an die anderen. Und an Herrn Winter gerichtet: »Die Fäden, lassen Sie sich bitte von ihrem Hausarzt ziehen. Alles Gute, Herr Winter, alles Gute.«

Dann drehten sich die Ärzte und Schwestern um und folgten dem Oberarzt. Lautes Gekicher begleitete den Weggang der »Visitenmannschaft«.

Zwei Schwestern, links und rechts vom Bett stehend, blieben und grinsten. Eine von ihnen nahm behutsam die Bettdecke und verhüllte seine Erregung. Danach eilten sie ebenfalls kichernd dem Pulk hinterher.

Herr Winter selbst wusste nicht so recht, was er von der ganzen Situation halten sollte, zog aber schlussendlich ein positives Fazit.

Peinlich. Ja, es war peinlich, dass alle mich so gesehen haben. Allerdings, was kann man schon gegen die Natur machen? Nichts! Es sollte wohl so sein. Und geholfen, um nach Hause zu können, hat es auf alle Fälle!

Lebenserhaltende Maßnahmen

In seiner Auslage gibt es nur vier Anzeigen. Vier Blätter in einem Schaufenster, wo Platz für mindestens fünfzehn waren.

Als sein Vater das Geschäft noch führte, reichte die Auslage manchmal nicht aus, und die Anzeigen konnten keine Woche im Fenster liegen bleiben. Heute war die letzte Todesanzeige schon anderthalb Wochen drin, damit es nicht ganz so leer aussah.

Sein Reizwort heißt: Lebenserhaltende Maßnahmen. Nichts hasst er mehr als diese Worte.

Diese lebenserhaltenden Maßnahmen stehlen ihm die Kunden. Jedenfalls für eine längere Zeit. Und genau in so einer Kundenlücke befindet sich sein Geschäft. Die alten Leute werden durch diese Maßnahmen viel älter als sonst. Herzschrittmacher, Stents, Transplantationen.

Die Defibrillatoren klauen ihm seine ehemals zuverlässigen Kunden unter der Hand weg. Und das im wahrsten Sinne des Wortes. Selbst die kleinsten Betriebe besitzen so ein Gerät.

Auch bei ihm hängt so ein Kasten im Verkaufsraum. Allerdings ist er noch nie benutzt worden. Sollte es in seinem Geschäft mal zum Ernstfall kommen, so würde er sich dann selbst den Kunden „stehlen" müssen. Menschliche Reaktionen halt. Oder doch nur

Geschäftsgebaren, weil der Kunde ja den mitgebrachten Verstorbenen noch beerdigen und die Kosten begleichen soll?

Selbst das Klima hat sich gegen ihn verschworen. Kaum noch Hitzewellen über 35 Grad, sodass es auch weniger Kreislaufopfer gibt oder Menschen mit Hitzschlag umfallen. Und wenn, dann ist ein Notarzt binnen acht Minuten zur Stelle und leitet die lebensnotwendigen Maßnahmen ein. Auch mit diesem Delfi, wie er liebevoll von den Rettungskräften genannt wurde.

Früher, ja früher war das alles besser. Da konnte man sich darauf verlassen, dass die Menschen regelmäßig zu ihm kamen. Wenn auch nicht mehr selbstständig.

In Düsseldorf-Rath ist aber schon vieles nicht mehr so wie früher. In der Schule am Rather Kreuzweg hatte es damals nur wenige Integrationskinder gegeben. Und wenn, dann gehörten sie zu den Familien, deren Väter bei Mannesmann arbeiteten.

Das Röhrenwerk in Rath. Fast siebentausend Leute waren damals dort beschäftigt. Regelmäßige Kunden kamen aus diesem Werk. Tödliche Arbeitsunfälle standen hier fast an der Tagesordnung. Die wenigen, die jetzt noch dort tätig sind, unterliegen strengsten Sicherheitsvorschriften. Und wenn wirklich mal was passiert, ist der eigene Rettungsdienst schnell zur Stelle.

Das Stadtviertel lebte von den Beschäftigten und deren

Angehörigen. Weil sehr viele auch hier wohnten, war Rath ein Mannesmannviertel. Sein Vater kannte es nicht anders, als dass ein Junge nach der Hauptschule eine Lehre begann und vierzig Jahre im Beruf tätig war, um dann in Rente zu gehen. Nach weiteren vier bis fünf Jahren war er dann meist schon Kunde im Geschäft.

Auch das hat sich drastisch geändert. Kein Mensch arbeitet heute noch bis zum Umfallen. Und wenn, kommt das gehasste Gerät meist erfolgreich zum Einsatz.

Täglich sieht er Achtzigjährige oder gar noch Ältere, die fröhlich mit ihrem Rollator an seinem Schaufenster stehen bleiben und schauen, wer denn von ihren Freunden oder Bekannten gegangen ist.

Auch den Rollator sieht er als sehr geschäftsschädigend an. Früher starben viele Menschen, weil sie zu wenig Bewegung hatten. Mit diesem Teufelswerk stolzieren sie an den für sie schon gezimmerten Behausungen für die Ewigkeit lachend vorbei. Bewegung hält jung, das ist hier zu erkennen und mehr als nur eine Redensart.

Sollte dann doch mal ein Kunde kommen, so sind die Angehörigen anders eingestellt als früher. Vor vielen Jahren verkaufte sein Vater mehr Eiche-Möbel als mancher Möbelhändler. Heute wird Holz bevorzugt, das auch ein schwedischer Möbelhersteller verkauft. Dass es noch keine Särge zum Selbstbau gibt, ist wohl nur eine Frage der Zeit. Und mit Sicherheit wird es den Sechs-Millimeter-

Inbusschlüssel gratis dazu geben.

Die Arbeitgeber zahlten damals Löhne, von denen die Familien gut leben konnten. Und wenn der geliebte Mann verstarb, so durfte die Witwe auf Hilfe hoffen. Die BKK zahlte Sterbegeld. Der Arbeitgeber den Lohn noch für die nächsten drei Monate. Die Betriebsrente obenauf. Die städtischen Gebühren hielten sich im Rahmen.

Heute sind die Gebühren sehr hoch und die Renten niedrig. Das Sterbegeld ist selbst verstorben, und nur wenige Firmen helfen den Hinterbliebenen. Höchstens eine Sammlung der Kollegen kommt noch zustande. Deshalb können die heutigen Zurückgelassenen nur selten eine „würdevolle" Beerdigung bezahlen. Es wird gespart, wo man kann. Nicht bei den Gebühren der Stadt, das geht ja nicht, aber an der Ausstattung des Kunden.

Wurde früher nicht nur ein hochwertiger Sarg gekauft, so bestand man auch auf vergoldeten Beschlägen. Heute reichen da Gussstahl oder Bronze emailliert. Auch die Innenausstattung wird bis auf das Minimum reduziert. Besonders die teure Leichenkleidung wird mit der Behauptung eingespart: »Er wollte zu seinem letzten Gang, den besten Anzug tragen.«

Die Seitenverkleidungen innen werden nur noch als notwendiges Übel bestellt. Nur die Billigware. Seide und Rüschen sind nicht mehr erwünscht.

Er kann sie nicht mehr hören, diese Sätze wie: »Der Sarg wird geschlossen, da sieht es doch keiner, und er hat gewollt, dass ich nicht so viel Geld ausgebe. Gib es den Lebenden und nicht den Toten, war immer seine Devise.«

Oder: »Mein Mann war nicht so gläubig, deshalb bitte kein Kreuz auf dem Sarg.«

Früher verdiente er auch an dem Blumenschmuck, den er für die Angehörigen besorgte. Doch selbst das übernehmen nun immer häufiger die Hinterbliebenen selbst. Auch das Rosenkörbchen am Grab wird nicht mehr gewünscht, weil alle ihre eigenen Rosen mitbringen.

»Bitte seien Sie so gut und stellen den Sandeimer hin. Das hat Tradition in unserer Familie.« Den Sandeimer und die Schaufel stellt der Friedhof kostenlos zur Verfügung. Das ist aber auch das Einzige, was auf so einer Beerdigung nichts kostet.

Dann gibt es noch diejenigen, die nur eine Urne wollen, auch nur deshalb, weil es der Verstorbene so wünschte. Diese wenigen Euros sind nur kleine Tropfen, die in seine Kasse fließen und ihn nicht an Reichtum denken lassen. Nein, zu verdienen ist da kaum etwas.

Das Thema Asylsuchende regt ihn ebenfalls auf. Kommen sie in einem jämmerlichen Zustand an, so zeigen sie sich nach nur sechs Wochen bei bester Gesundheit. Jedenfalls viele von ihnen und fallen daher als Kunden aus. Alle so um die 20 bis 25 Jahre jung und voller Energie, sich hier eine Existenz zu schaffen. Da ist ein Tod eher hinderlich.

Hoffnung setzt er darauf, dass diese Menschen ihre

Familienangehörigen nachholen dürfen. Dabei denkt er aber nicht an die Ehepartner oder Kinder der Flüchtlinge. Ihm ist wichtig, dass Opas und Omas zuziehen, um die Familie zu komplettieren.

Mit Wehmut und einem starken Seufzer läuft er wieder nach oben. Ein wenig Freude bereitet ihm eine Nachricht aus dem Radio, in der darauf hingewiesen wird, dass sich ein Grippevirus verbreitet. Eine Information, über die man sich freuen kann. Denn gegen diesen Virus gibt es noch keinen Impfstoff und die Zahl der Todesfälle steigt rasant.

Warum soll dieser Virus nicht auch den Weg nach Düsseldorf-Rath finden?

Vollmond und Säufersonne

Vollmond, du bist wundervoll.
Herr Ober ein Bier, das wäre toll.

Schon lange habe ich dich nicht so hell geseh`n.
Noch eins, auf einem Bein kann man nicht steh`n.

Leuchtest am Himmel mit voller Kraft.
Bring noch eins vom Gerstensaft.

Durch dich ist die Nacht fast hell.
Und einen Korn, aber schnell.

Kann erkennen dein Mondgesicht.
Herr Ober, der Schnaps war ein Gedicht.

Du scheinst nur für mich, könnt` ich meinen.
Der war lecker, bring` noch einen.

Es ist schön, so etwas Himmlisches zu erleben.
Kommt, Jungs, lasst uns einen heben.

Lieber Mond, wann kann ich dich so Rund wiedersehn?
Noch zwei Bier und eene Schnaps, dann muss ich geh`n.

Freue mich schon jetzt auf diesen Tag.
Herr Ober zahlen, weil ich nicht mehr mag.

Dann werde ich wieder am Fenster steh`n.

Heinz, noch eene, dann kannste gehn.

Bis dahin sage ich dir gute Nacht.
Dann schaff ich auch noch ein Bier, wär doch gelacht.

Das Fenster zu schließen, fällt mir so schwer.
Herr Ober, die Rechnung, ich kann nicht mehr

Träume muss man haben

Irgendjemand hantiert da an meinem Glied herum!

Er versuchte, die Augen zu öffnen, um zu sehen, was da vor sich geht, was ihm aber nicht gelang.

Langsam, alter Knabe, langsam, bemühte er sich, Herr der Lage zu werden. *Konzentriere dich, wo bist du und was ist geschehen?* Und schon kamen zaghafte Erinnerungen auf.

Operation! Ja, ich wurde operiert. Hüfte erneuert. Habe eine Vollnarkose bekommen. Und jetzt werde ich wohl langsam wach, dachte er angestrengt.

In diese Überlegungen hinein meldete sich erneut das Gefühl von Händen an dem Teil, das Männer zwischen ihren Beinen tragen. Es wurde massiert oder eingecremt. Eine wohlige Empfindung überkam ihn dabei.

Warum kann ich mich nicht bewegen oder wenigstens die Augen aufmachen? Bin ich tot? Habe ich die Operation nicht überlebt? Balsamieren sie mich ein?

Würde mich nicht wundern, wenn sie mein bestes Teil für die Nachwelt erhalten wollen. Schließlich hat ER, bei stets aufrechter Haltung, viele Frauen glücklich gemacht.

Er verspürte, dass die Person an seinem Glied leicht zog, so als wollte sie es verlängern.

Das ist nun wirklich nicht notwendig. Ich weiß, dass Er nicht überdimensional ist, aber es hat bisher immer gereicht, dachte er jetzt etwas verdrießlich.

Indessen massierten die sanft weichen Hände wieder die Stelle, und das wohlige Gefühl kam zurück.

Regte sich da jemand oder schwoll gar leicht an? Er dachte nicht weiter darüber nach, entspannte sich und genoss die Berührungen.

Ja, das tut gut, so bitte weitermachen! Doch kaum regte sich dieser Wunsch in ihm, als ihn ein Schmerz durchzog. Beginnend genau dort, wo ihn gerade noch schöne Empfindungen durchflutet hatten. Ein »Aua«, konnte er nicht unterdrücken. Zu sehr schmerzte es.

Er hörte seinen Schmerzenslaut, tot war er also nicht. Demnach nutzt jemand seine Notlage aus und vergriff sich an ihm.

»Entschuldigung, ich bin neu und habe das noch nicht so oft gemacht. Ihre Harnröhre ist sehr eng, da passt der Katheter kaum rein. Ich nehme mehr von der Creme, dann wird es schon klappen. Bitte nochmals um Entschuldigung.«

Eine Männerstimme! Eindeutig eine Männerstimme! Oh Gott, die zarten Hände, die mich massierten und sich so wohlig anfühlten, sind die Hände von einem Mann! Ich hatte schöne Gefühle, als Männerhände mich an meiner intimsten Stelle anfassten!

Völlig irritiert rührte er sich nicht mehr, auch nicht, als er merkte, dass er die Augen öffnen konnte. Die eben noch so schönen Gefühle, als er eingecremt wurde, fühlten sich nun wie eine Bedrohung an. Jede Berührung durch die Hände dieses Mannes verursachten ihm mehr als nur Unbehagen.

»So, sehen Sie, jetzt sitzt er perfekt. Wenn Sie das Gefühl haben, Sie müssten Urin abgeben, dann einfach loslassen. Der Katheter fängt es auf und er leitet es in den Beutel weiter. Ganz locker, mein Guter, ganz locker, dann wird das schon.«

Er verspürte zwei leichte Klapse auf seinem Oberschenkel. Die Person legte eine Decke über seine Beine und auch über den Unterleib. Die leichte Kühle, die er bis jetzt empfand, war weg und Wärme kam auf. Eine andere Wärme als die, die er vorhin gespürt hatte.

Er verhielt sich still und die Augen blieben geschlossen. Solange, bis er eine Tür hörte, die sich öffnete und wieder verschloss. So verschwanden die vermeintlich zarten Hände einer Frau und mit ihnen ihre Männerstimme.

Die Angst vor der Pest

Wir schreiben das Jahr 1792.

Ein kleiner Aristokrat namens Albert de Moniac wurde wegen einiger Delikte gegen die Menschlichkeit zum Tode verurteilt. Das Tribunal hatte mit ihm kurzen Prozess gemacht, im wahrsten Sinne des Wortes. Schon am darauffolgenden Tag stand seine Hinrichtung an. Der Gefängniswärter fragte ihn am nächsten Morgen, was er denn essen wolle.

Seine Henkersmahlzeit stand an.

Er wünschte sich Hähnchen, Reis und ein Glas Portwein. Was er auch bekam. Nach dem Essen wollten ihn die Wärter sogleich aus der Zelle mitnehmen. Doch der Adlige wehrte sich, da er sich noch die Hände waschen und die Zähne putzen wollte.

Da er aus dem Norden Frankreichs stammte, war für ihn die Körperreinigung ein Muss, was in dieser Zeit für die Aristokratie nicht gerade üblich war.

»Das Putzen von Zähnen ist nach jeder Mahlzeit wichtig, sonst bekommt man faule Zähne.«

Die etwas verwirrten Wärter sahen ihn an, und als sich der Todgeweihte die Hände an der Waschschüssel wusch, ließen sie ihm auch noch genug Zeit, sich die Zähne mit einem Finger zu putzen.

Nach dieser Reinigung ging der Gefangene freiwillig zur

Tür seiner Zelle und wartete darauf, dass die Wärter die große Gefängnistüre öffneten und ihn zum Schafott führten. Sie banden ihm die Hände auf dem Rücken zusammen und verließen mit ihm die Todeszelle.

Draußen hörte er bereits die wartenden Menschen, die ungeduldig auf dem Platz standen.

Die Hinrichtungen des Königs und seiner adeligen Gefolgsleute waren für sie immer ein Erlebnis der besonderen Art. Gab es doch zu dieser Zeit eher nicht so viele schöne Dinge im Dasein der kleinen Leute. Hunger und Krankheiten waren ihre ständigen Begleiter.

Bevor der Verurteilte und seine Begleitung das Gefängnis verließen, stoppten die Gefängniswärter. Vor dem Adeligen war noch ein anderer dran.

Ein Verbrecher, der ebenfalls zum Tode verurteilt worden war. Er hatte kleine Kinder entführt und sie an Wohlhabende und Adlige verkauft. Dort wurden sie, im besten Fall, als billige Arbeitskräfte ausgenutzt. Viele wurden allerdings für die „Spielchen" der feinen Gesellschaft benutzt, und wenn man sie als verbraucht ansah, auf die Straße geworfen oder ermordet.

Ein schmutziger, ungepflegter Mensch, dachte sich Albert, als er den Mann an der Gefängnispforte sah, und es schauderte ihn. Seine Kleidung hatte bestimmt noch nie einen Waschbottich von innen gesehen, und ob er sich in diesem Jahr schon mal selbst gewaschen hatte, war ebenso fraglich.

Die hungrige Meute auf dem Platz dürstet es nach fließendem Blut, und sie schrie aufgebracht, als der Verbrecher in die Menschenmenge brüllte: »Ihr Mörder, ich bin unschuldig!«, und den Wärtern lauthals wünschte: »Fahrt zur Hölle, ihr Bastarde!«

Dann wandte er sich wieder der blutrünstigen Menschenmenge zu und winselte: »Habt Erbarmen. Ich bin unschuldig. Bitte, ich will leben. Ich bitte um Gnade.«

Die Menschenschar hörte seine Worte und lachte ihn aus. Einige brüllten ihm zu: »Du Jammerlappen, hast du an unsere Kinder gedacht, als du sie verschleppt hast?«

Und dann schrien sie: »Köpft das Schwein. Köpft das Schwein.« Wie sehr sich der Verurteilte auch wehrte, er wurde der Menschenmenge vorgeführt.

Das Volk jubelte, als der Henker das Fallbeil der Guillotine hochzog. Der Verbrecher schrie immer noch und wehrte sich mit Händen und Füßen, als er auf den Bock des Schafotts gelegt wurde. Schnell hatte ein Helfer des Henkers seinen Hals in die untere Halbschale geführt, während ein anderer den Verurteilten niederdrückte. Mit dem oberen Bügel wurde der Hals vollends eingeklemmt. Danach wurde ihm der Schulterbügel aufgelegt.

Damit war der Mann gesichert, was ihn aber nicht davon abhielt, zu versuchen, aus dieser aussichtslosen Lage wieder herauszukommen. Sein Kopf, der vor den beiden Halbschalen frei beweglich war, drehte sich hin und her.

»Du Hurensohn, schmore in der Hölle!«, drehte er den Kopf zum Henker.

Der antwortete ihm mit einem hämischen Grinsen im Gesicht: »Du wirst vor mir dort sein«, bevor er an dem Strick zog, der das Schwert oben sicherte.

Ein Surren, dem ein Schneidegeräusch folgte, beendete die Beschimpfungen Richtung Henker. Der Kopf des Scheusals fiel in einen Korb. Sein Körper zuckte kurz und dann war alles still.

Nicht alles.

Die Meute schrie und lachte zugleich. Die Henkersgehilfen lösten den Torso vom Bock und warfen ihn in einen Wagen, der neben dem Podest stand. Wieder erfreute es die Meute, einen kopflosen Menschen zu sehen, dem das Blut aus dem Halse floss.

»Seht, wie er ausläuft. Komm, du Kinderschänder. Mach hier nicht alles dreckig. Putz das wieder auf!«, rief eine alte Frau, die direkt neben dem Wagen stand und die Leiche genau betrachtete.

Die Anwesenden hörten diese Worte und schon lachten sie wieder. Dann wurden neue Rufe laut.

»Weiter, weiter, holt den nächsten. Es ist noch Platz im Korb und der Wagen ist auch noch nicht gefüllt.«

»Henker, hast du noch Lust?«

Der Henker, dessen Kopf mit einer schwarzen Kapuze verdeckt war, winkte den Wärtern an der Pforte des

Gefängnisses zu.

Als sie die Tür öffneten, schauten alle gespannt, wer denn der nächste wäre, der sie erfreuen würde. An der Kleidung sahen sie, dass ein Adliger aus dem Gefängnis geführt wurde, und schon jubelte das Volk.

»Ja, endlich bekommt der seine Strafe!«, und weiter: »Henker, lass dir Zeit, er soll wissen, dass wir uns daran ergötzen, wenn er sich in die Hosen macht.«

Weitere Sprüche und Gesänge folgten, als die Wärter ihn zur Treppe führten. Zu dem Aufgang, der sein Leben nicht nur verändern würde, das war Albert bewusst.

Als er, noch vor der Gefängnistüre, die Rufe des Verbrechers und die Schreie der Menschen gehört hatte, nahm er sich vor, sich nicht so zu benehmen, wie es sein Vorgänger getan hatte.

»Sie werden sehen, dass ich aus einem anderen Holz geschnitzt bin als dieser Verbrecher«, murmelte er vor sich hin.

Als die Wärter ihn zu der Treppe führen wollten, die hoch zum Schafott ging, sagte er in freundlichem, aber bestimmtem Ton: »Ich gehe dort allein hinauf. Nehmt also eure Hände wieder weg.«

Erneut schauten sich die Wärter etwas unentschlossen an, ließen ihn aber dann gewähren. Das Volk, das bis dahin geschrien hatte, verstummte nach und nach. Dass ein Adliger die Treppen allein hochging und nicht jammerte, das hatten sie nicht erwartet.

Oben auf der Treppe schaute sich Albert um und sah die „hungrige Meute".

Jedoch zum ersten Mal sah er die Menschen, die dort unten standen, mit anderen Augen. Er sah arme, schlecht ernährte und dürftig gekleidete Männer, Frauen und Kinder. Dann hörte er ein Geräusch und drehte den Kopf. Der Henker hatte die stählerne Klinge der Guillotine wieder hochgezogen und verzurrt.

Albert sah das und ging auf den Henker zu. Die Henkersgehilfen auf dem Schafott kamen ihm kaum nach. Und schon redete er mit dem Schlächter.

»So geht das nicht!«

»Was geht nicht?«, fragte der Scharfrichter überrascht.

»Na, dass Sie das Fallbeil hochziehen, ohne es vorher gesäubert zu haben.«

»Was habe ich?«

»Sie haben das Fallbeil hochgezogen und es nicht gesäubert!«, wiederholte Albert und sah nach oben.

Dann widmete er sich wieder dem Henker.

»Wissen Sie, wie schnell man sich da die Pest holen kann? Sie haben wohl von Sauberkeit noch nichts gehört, oder?«

Der Henker verstand nicht, was der Mann von ihm wollte.

»Sie holen es sofort wieder herunter und reinigen es.«

Albert bewegte dabei den Kopf rauf und runter, damit er

verstanden wurde.

»Danach werde ich mich freiwillig dem Hinrichtungsprozess unterwerfen. So aber nicht!«

Albert trat einen Schritt zurück.

Das Volk, das die Unterhaltung nicht wirklich mitbekommen hatte, sah, wie der Adlige ein Stück zurückging. Schon jubelten sie wieder. Endlich schien ihre Gier nach Feigheit, Angst und Erbärmlichkeit wieder befriedigt zu werden.

Die Helfer nahmen Albert und legten ihn auf den Bock. Der Henker dachte überhaupt nicht daran, das Fallbeil zu reinigen. In der Stadt herrschte die Pest, davor hatte er Angst, aber nicht davor, dass sich ein Mensch, der gleich geköpft wird, über Unsauberkeit bei seiner Hinrichtung beschwert.

Schnell wurde der Hals des Mannes in die Halbschale gelegt und kurz danach die zweite Schale aufgesetzt.

Das Volk schrie: »Henker, lass ihn noch etwas zappeln!«

Doch der Adlige hatte nicht vor, sich zu wehren oder zu zappeln. Albert hatte erkannt, dass der Henker keine Reinigung vornehmen würde, und sich damit abgefunden. Ruhig lag er unter dem Fallbeil.

Seine Augen hatte er geschlossen, nachdem er den Kopf des Verbrechers im Korb gesehen hatte. Der war mit offenen Augen und ebenso offenem Mund gestorben, und er wollte nicht in der letzten Minute seines Lebens in die

Augen eines schmutzigen Mannes mit faulen Zähnen schauen.

Sein Kopf bewegte sich nicht. Auch nicht, als der Henker zu ihm kam und sagte: »Bete.«, bevor er an dem Seil zog.

Ein Surren war das Letzte, was Albert hörte.

Der Schalke Fan

An einem ganz normalen, sonnigen Sonntagmorgen und einem ruhigen Frühschoppen in unserer Stammkneipe wurde vor vielen Jahren ein Fluch ausgesprochen, der sich später bewahrheiten sollte.

Doch der Reihe nach!

Fortuna-Düsseldorf hatte am Samstag einen 4:0-Sieg gegen Bielefeld eingefahren. Ein Sieg für Düsseldorf war nicht mehr selbstverständlich. Die Zeiten der ersten Liga und vorprogrammierter Siege bei einem Spiel sind leider schon lange vorbei. Auch, dass sie den Bayern mit 7:1 die höchste Auswärtsniederlage ihrer Geschichte bescherten.

Natürlich freute ich mich über den gestrigen Sieg und über den siebten Platz in der Tabelle.

Dass man wegen der Niederlage den Trainer von Bielefeld entlassen würde, konnte zu dem Zeitpunkt niemand wissen. Aber auch wenn das im Vorfeld bekannt gewesen wäre, die Fortuna hätte trotzdem gewonnen, gewinnen müssen, um sich im Mittelfeld der zweiten Liga zu festigen. Zu wichtig war es, die Punkte einzufahren, ganz besonders bei Heimspielen. Und Rücksicht zu nehmen auf die Situation eines fremden Trainers, war sowieso nicht angesagt.

Am Sonntag nach dem Samstagspiel von Düsseldorf gingen meine Frau und ich zum Frühschoppen. Natürlich wurde in der Kneipe auch über Fußball gesprochen. Zwei der Anwesenden waren Schalke-Anhänger und ihr Verein spielte erst am heutigen Tag.

Der Geschäftsführer vom Lokal und Walter, ein weiterer Gast, hofften natürlich auf einen Sieg ihrer Mannschaft. Da ich gegen Schalke bin, was familiäre Gründe hat, sagte ich eine Niederlage für den FC Meineid voraus.

Was natürlich auf Gegenwehr der beiden Gelsenkirchener Fans stieß. Auf die Frage vom Wirt, warum ich so gegen Schalke sei, antwortete ich ihm, dass einer meiner Brüder mich kurz nach dem Abstieg von Fortuna aus der ersten Liga angerufen habe und mir damals gesagt habe: »Weg mit dem Dreck«. Mein Bruder und seine gesamte Familie sind Schalke Fans.

Seit diesem Telefonat wünsche ich seinem Verein nichts Gutes mehr. Im Gegenteil, jede Niederlage ist mir eine Genugtuung für den erlebten Anruf.

»Aber da hatte er doch recht«, war der niederschmetternde Kommentar des Mannes hinter der Theke und er unterstützte seine Aussage mit einem lauten Lacher.

Da er aus einem Land stammt, in dem man an die Wiedergeburt, das Karma, glaubt, wünschte ich ihm sofort alles erdenklich Gute für sein nächstes Dasein. In meinen Gedanken ließ ich ihn als Klo-Deckel auf die Erde zurückkehren. Natürlich in den Farben blau-weiß. Dann würde ich kommen und ihm zeigen, was ich von seiner heutigen Aussage halte.

Es bedurfte allerdings einiger Umstände, bis er das von mir gewünschte Lebensglück erfahren konnte.

Er wurde in seinem Heimatland Sri Lanka auf einer Plantage als Baum wiedergeboren. Nach zehn glücklichen Jahren in Sonne und Frieden wurde er gefällt und erhielt eine Nummer, die mit 04 endete.

Die Äste wurden geschreddert und zu Humus verarbeitet. Der wurde auf die umliegenden Felder verteilt, um die neu heranwachsenden Bäume vor der Austrocknung zu schützen.

Seine Blätter bekamen die Kühe als Futter. Der Wirt erlebte hier, wie ein Teil von ihm in einem Kuhmaul wiedergekäut wurde. Diese Prozedur durchlief er bei der Kuh mehrere Male: Maul, Magen, Maul, bis die Kuh seine Überreste ausschied und er zurück aufs Feld durfte.

Kleintiere und Ungeziefer nahmen ihn auf, und auch hier ging sein Weg durch die Kanäle der Körper, bis sie ihn ausschieden.

Der Baumstamm mit dem Vorleben des Schalke Fans wurde geschält und in Scheiben gesägt. Je zwei Holzscheiben packte man zusammen. Dadurch war gesichert, dass sie den gleichen Durchmesser hatten.

Die Scheibenpaare transportiert man dann zur weiteren

Verarbeitung in eine Schreinerei. Hier wurde je eine der beiden Scheiben so bearbeitet, dass eine leichte Wölbung entstand. Die runde Form wurde in eine nach vorn gewandte Ovalität geändert.

Auch die zweite Scheibe erhielt diese Form. Jedoch wurde sie zu einem 10 Zentimeter breiten Ring geschnitten. Alle Kanten wurden abgerundet und die Flächen glattgeschliffen.

Von der Schreinerei aus kamen die Paare in eine Lackiererei. Ein deutscher Baumarkt wollte mit einem neuen Sortiment von Artikeln in den Farben der Bundesligisten auf den Markt.

Die Scheibe und der Ring vom Baum mit den Endnummern 04 wurden in blau-weiß lackiert. Andere Baumscheiben in rot-weiß, gelb-schwarz oder grün-schwarz gespritzt. Die Baumpaare landeten dann in einer Metallfabrik und bekamen Befestigungsteile montiert.

Fertig waren die Bundesliga-Klodeckel.

So ging es in das entfernte Europa, nach Deutschland in einen Baumarkt bei Ratingen. Dort wurde das Sortiment ausgestellt und die WC-Deckel fanden schnell ihre neuen Besitzer.

So auch das Holz vom ehemaligen Wirt in den Farben blau-weiß. Die Damentoilette unserer Immer-noch-Stamm-kneipe benötigte dringend eine neue Garnitur, da die alte gebrochen war. Ein beauftragter Monteur kaufte das Set und befestigte es auf der Kloschüssel.

»Fertig. Das Klo kann wieder benutzt werden.«

Eine der Ersten, die dann dringend mal musste, war Marta. Eine recht korpulente Frau um die sechzig. Fast eine halbe Stunde hatte der Monteur das Frauen-WC des Lokals gesperrt. Fast zu lange. Marta schaffte es nur mit Mühe auszuhalten und konnte sich gerade noch rechtzeitig auf die wieder bestückte Kloschüssel setzen.

Mit donnerndem Getöse entleerte sie die Überreste des griechischen Essens. Der Knoblauch und der Ouzo hatten es in sich, so auch die Ausscheidung.

Dabei nahm sie kaum wahr, wie wohlig es sich auf dem Fan des 04 sitzen ließ. Erst nach und nach fühlte sie seine Sanftheit. So blieb sie noch eine kleine Weile auf ihm sitzen, bevor sie sich endgültig erhob und die Spülung bediente.

Die Klo-Deckel wurden von vielen Damen gelobt, wie gut man darauf sitzen konnte, um sein Geschäft zu verrichten. Entsprechend lange blieben sie an diesem Ort, und es bildeten sich schon mal Warteschlangen vor der WC-Türe.

An einem Sonntag, wir waren erneut zum Frühschoppen dort, fiel die Herrentoilette wegen eines Wasserschadens aus, und auch wir Männer mussten die Damentoilette aufsuchen.

Nun kam meine große Stunde. Endlich erfüllte sich mein Fluch, den ich damals, ebenfalls an einem Sonntag, ausgesprochen hatte.

Ich setzte mich auf den blauen Klo-Ring, und als ich mich von der gestrigen Pizza »Siziliana« befreite, sagte ich: »FC Schalke 04, da kannst du einen drauf lassen.«

Die Schluckmuskeln

Heute war unser letzter Termin für die trockenen Übungen unten im gelben Bereich, Wartezone zwei.

Nach und nach trudelten unsere Gruppenmitglieder ein. So richtig Lust hatte eigentlich keiner mehr. Alle wussten schließlich: Letzte Stunde und morgen geht es nach Hause.

Richard hatte mich schon vor ein paar Tagen darauf aufmerksam gemacht, dass ein wichtiger Muskel bei den ganzen Übungen vergessen worden sei: »Michael, wir haben jetzt so viele Muskeln trainiert, aber einen haben wir noch gar nicht bearbeitet oder beweglicher gemacht.«

Welcher Muskel soll das denn sein? Ich überlegte und ging den Körper durch. Dabei fing ich unten bei den Füßen an: »Wir haben die Füße gehoben, gedreht, gedrückt und angespannt. Die Waden ge- und entspannt. Die Oberschenkel mehr als nur strapaziert.«

Richard nickte schmunzelnd: »Ja, und dann Elfriedes Spezialübungen!«

Ich erinnerte mich an die Muskelschmerzen im Bauch- und Brustbereich bei Flamingo ähnlicher Haltung und anderen Positionen.

»Von den Pomuskeln ganz zu schweigen, mein Lieber! Mein kleiner Knackarsch schmerzt schon wieder, wenn ich nur daran denke. Und Tennisbälle werden in meinem weiteren Leben keinen Platz mehr haben.«

»Nee, die meinte ich alle nicht. Die Muskeln, die ich meine, sitzen höher.«

»Also die Beckenübung. Heben und senken, obwohl man ohne Partner ist. Meinst du die?«

Ich werde nicht erwähnen, wer diese Übung von uns am besten konnte. Ich war es jedenfalls nicht.

»Nee! Die ist es auch nicht.«

»Dann sind es die Lendenmuskeln, die an Wirbelsäule oder Schultern. Bei manchen Stellen meines Körpers habe ich gar nicht gewusst, da ich dort auch Muskeln habe. Die Finger, die Unterarme und die Oberarme wurden von uns gestreckt, gebeugt, gezogen, gespannt, und wenn wir Glück hatten, auch wieder gelockert. Jeder von uns musste versuchen, die Decke zu erreichen. Arme Ellen, das grenzte schon etwas an Mobbing. Die Nackenmuskeln wurden gedehnt, als wären wir Giraffen. Den Kopf haben wir nach allen Richtungen des Kompasses gedreht. Gott sei Dank nicht um 360 Grad in einer Übung. Richard, mir fällt kein weiterer Muskel ein, den wir, respektive Frau Maier, vergessen haben könnten.«

„Michael, ich helfe dir mal ein wenig. Du trinkst doch gerne Bier, oder?"

»Ja klar. Ein Grundnahrungsmittel. Das wisst ihr hier im Allgäu doch am besten.«

»Ja, das wissen wir. Damit wir das Maß Bier aber auch trinken können, bedarf es eines Trainings.«

»Das verstehe ich. Je mehr man trinkt, desto mehr verträgt man.«

»Das sicherlich auch, mein lieber Michael. Ich meine aber nicht die Menge, ich meine die Schluckmuskeln.«

Dabei fasste sich Richard mit einer Hand an den Hals und strich ihn rauf und runter.

»Die Schluckmuskeln! Daran habe ich überhaupt nicht gedacht. Aber wenn ich so nachdenke, gebe ich dir recht. Stimmt, die haben wir nicht trainiert. Einige unserer Gruppe haben sich zwar hier und da etwas zum Trinken mitgebracht und dadurch diesen Muskel durch Zufall ein wenig trainiert. Aber eine gezielte Anwendung auf diesen wichtigen Muskel haben wir nicht erhalten.«

»Genau, wir werden Frau Maier darauf hinweisen müssen, dass ihr Trainingsprogramm noch nicht ganz ausgereift ist.«

»Ja, das machen wir, Richard. Am besten durch eine kleine Übung. Wir warten aber bis zur letzten Stunde ab, vielleicht kommt ja der Muskel noch dran.«

Richard und ich studierten eine kleine Übung ein, die wir dann Frau Maier zeigen würden, falls sie den Schluckmuskel wirklich nicht ansprechen würde.

Nun war also die letzte Stunde angesagt, und es war nicht zu erwarten, dass Frau Maier heute auf diesen Muskel eingehen würde.

Also mussten Richard und ich ran.

Kurz vor Beginn der Übungsstunde gingen Richard und ich in den Übungsraum und stellten zehn Hocker in einem Halbkreis auf. Und einen Hocker vor diesem Halbmond. Die mitgebrachte Bierflasche wurde vor diesem Hocker positioniert. Dann gingen wir zwei wieder aus dem Raum und schlossen die Türe.

»Was macht ihr da?« Ellen, die immer alles mitbekommt, besonders dann, wenn es nicht der Fall sein sollte, fragte noch einmal nach: »Was habt ihr denn vor?«

Richard drehte sich um und antwortete ihr und gleichzeitig in die Runde: »Wird eine Überraschung. Mehr wird nicht verraten.«

Zu meiner Verwunderung gaben sich Ellen und die anderen, die zugehört hatten, mit dieser Antwort zufrieden.

Dann kam Frau Maier. Zu unserer Verwunderung hatte sie zwei Wasserkocher dabei und mehrere Handtücher. Es waren die gleichen Tücher, die wir auch auf unserem Zimmer hatten. Gelb und hart.

»Das ist für die Übung warme Rolle«, klärte uns Marianne auf. Wusste sie doch mal wieder durch ihren ersten Aufenthalt, was das zu bedeuten hatte.

Nachdem Frau Maier die Türe zu dem Raum geöffnet hatte, sah sie die Hocker, die aufgestellt waren.

»Da hat die Gruppe vor uns wohl nicht aufgeräumt. Na, dann werden wir das schnell machen. Die Hocker werden wir aber brauchen, stellt sie mal etwas abseits hin.«

»Verzeihung Frau Maier. Aber Herr Fessl und ich würden ihnen gerne etwas zeigen. Bitte setzen Sie sich, und auch ihr anderen, auf die Hocker.« Frau Maier und alle anderen setzen sich und schauten Richard und mich erwartungsvoll an.

»Richard, du setzt dich bitte hierhin«, dabei deutete ich auf den Hocker vor dem Halbkreis. Nachdem Richard Platz genommen hatte, erklärte ich Frau Maier und der Gruppe die Aktion.

»Frau Maier, wir haben bei Ihnen Muskeln dort gespürt, wo keiner dachte, dass da überhaupt welche sein könnten. Arny wäre stolz auf uns, wenn er wüsste, wie viele Muskeln wir trainiert haben, die man bei ihm sogar sehen kann.«

Die ganze Gruppe lachte und applaudierte. »Allerdings wurde ich durch Richard, also Herrn Fessl, darauf hingewiesen, dass ein Muskel nicht trainiert wurde. Diesen Muskel haben sie nicht in ihrem Trainingsprogramm. Er ist aber einer, so finden wir, also Richard und ich, der unbedingt angesprochen und auch trainiert werden müsste.«

Die Gruppe und unsere Therapeutin schauten uns fragend an.

»Habt ihr eine Vorstellung, welcher Muskel wohl gemeint ist?«, fragte ich die Gruppe und damit natürlich auch Frau Maier. Nach vielen Neins und Kopfschütteln lüftetet Richard das Geheimnis.

»Wir reden hier vom Schluckmuskel.« Richard nahm seine rechte Hand und strich sich über den Hals, den er bewusst lang gemacht hatte.

»Wir bitten also um eure Aufmerksamkeit«, fuhr ich fort und zu meinem »Patienten« gewandt: »Richard, nimm bitte die Grundhaltung ein: Die Füße stehen in etwa schulterbreit mit ganzem Fuß auf dem Boden. Die Hände liegen auf den Knien und die Schultern sind unten. Der Rücken ist gerade und ausnahmsweise ist der Bauch etwas ausgestreckt. Der Kopf schaut geradeaus und ist aufgerichtet. Nun erzeugen wir eine gewisse Grundspannung. In dieser Grundhaltung nimmt die rechte Hand die Flasche Bier vom Boden auf. Der Arm bildet nach dem Heben einen rechten Winkel mit dem Körper.«

Ich hob inzwischen den Arm von Richard noch etwas an, weil er noch keinen rechten Winkel einnahm.

»So. Jetzt achten wir darauf, dass die Grundspannung da ist, richten noch mal alles etwas aus und setzen nun zum Trinken an.«

Richard führte die Flasche an den Mund und begann zu trinken. Es war deutlich zu erkennen, wie die Schluckmuskeln bewegt wurden.

»Halten, Halten, Halten!« Unbarmherzig forderte ich Richard auf, weiterzutrinken, obwohl dessen Muskeln wohl schon etwas schmerzen mussten. Aber das kannten wir doch von anderen schwierigen Übungen auch.

»Absetzen und wir machen eine Pause.« Das waren die erlösenden Worte und Richard setzte die Flasche ab.

»Die Pause nutzen wir und greifen die Flasche nun mit der linken Hand.« Richard, der sichtlich auf Erholung gehofft hatte, bemühte sich und ergriff die Flasche mit der anderen Hand.

Frau Maier und die Gruppe lachten.

»Bevor wir nun die Flasche wieder ansetzen, achten wir auf die Grundstellung und auch auf die Grundspannung.«

Richard, der den Kopf etwas vor, runter und zur Seite bewegt hatte, um die Muskeln zu entspannen, richtete sich entsprechend wieder her.

»So, und wieder trinken.«

Sofort setzte er die Flasche wieder an, forderte das letzte aus sich heraus und trank. Wieder hörte er die quälenden Worte: »Halten, Halten, Halten!«

Dann erneut die Erlösung: »Wir machen erneut eine Pause und setzen die Flasche auf dem Boden ab.«

Kaum, dass Richard die Flasche abgesetzt hatte, hörte er von mir: »Jetzt gibt es noch eine Erweiterung.«

Mit großen Augen sah er mich an und ahnte Schlimmes. Er versuchte schnell, seine Schluckmuskeln durch kurze Kopfbewegung etwas zu entspannen.

Doch schon nach kurzem Moment hörte er: »Wir greifen nun mit beiden Händen die Bierflasche und führen sie vor den Mund.«

»Soll ich dabei auch die Grundhaltung einnehmen?«, fragte Richard, der die Flasche aufgenommen hatte.

»Selbstverständlich.«

Nachdem ich gesehen hatte, dass Richard in der richtigen Haltung saß und beide Arme rechtwinkelig zum Körper ausgerichtet waren, gab ich das Kommando: »Ansetzen und trinken.«

Er setzte mit letzter Kraft die Flasche an und trank. Die Muskeln arbeiteten nun unter Höchstbelastung. Immer mehr Bier schüttete Richard in sich hinein.

»Halten, Halten, Halten!«

Doch dieser Worte hätte es nicht mehr bedurft, denn sein Ehrgeiz hatte ihn gepackt, und obwohl seine Schluckmuskeln wirklich schmerzen mussten, schaffte er es, die Flasche zu leeren.

Als ich sah, dass die Flasche leer war, befreite ich ihn von seinen Qualen.

»Absetzen und wir lockern alle Muskeln wieder.«

Richard sah sich die Flasche an und nickte für sich anerkennend. Er hatte die Schluckmuskeln so lange bewegt, bis die Flasche vollends geleert war.

»Natürlich war in der Flasche nur Mineralwasser! Diese Übung lässt sich aber ohne Weiteres mit jeder Biersorte auch zu Hause üben.«

Damit stand Richard auf und wir beide verneigten uns vor der Gruppe, die für die wirklich schwierige, aber außerordentlich wichtige Übung lachend Applaus spendierte.

 Danach übernahm Frau Maier wieder das Training und zeigte uns die Übung mit der warmen Rolle.

Ziele

Jeder oder fast jeder Mensch hat sich schon mal ein Ziel gesetzt. Viele von uns sogar mehrere.

Das erste Ziel setzen wir uns unbewusst. Wir drehen uns im Mutterleib, sodass der Kopf nach unten kommt. So leiten wir unsere eigene Geburt ein. Mit dem ersten Schrei ist das zweite Ziel auch schon erreicht, wir atmen.

Und schon steuern wir das nächste Ziel an: Futter, besser gesagt, die Milch von der Mutter. Und Schreien, gerade erst gelernt, ist ein hervorragendes Mittel, die Brust zu bekommen. Dieses Ziel wird immer angestrebt, wenn uns der Hunger plagt.

Die einzelnen Sinne prägen sich, ohne dass wir Einfluss nehmen müssen. Sehen, Hören, Fühlen. Dass wir unsere Eltern schon mal anstrullern, wenn sie uns säubern, ist nicht gewollt, trägt aber zur Belustigung bei.

Stillliegen wird uns bald zu langweilig, wir wollen von A nach B. Da ist uns jede Art von Bewegung recht. Wir drehen uns auf dem Boden oder rollen hin und her. Auf dem Bauch wippen bringt uns ebenfalls ein wenig weiter. Am Ende können wir krabbeln und erreichen Zielpunkte schneller als den Eltern lieb ist.

Die nächste große Herausforderung: Wie erreichen wir die Tischdecke? Ein besonders schwieriges Ziel, aber die Sachen auf dem unteren Regal sind viel zu schön, die will ein Kleinkind haben. Aufstehen und Laufen müssen dafür erlernt werden. Ohne Rast und Ruh verfolgen wir diese Ziele. Immer wieder stehen wir auf, fallen hin und versuchen es erneut. Eine Eigenschaft, die uns im späteren Leben helfen wird, Hindernisse zu bewältigen.

Es ist die anstrengendste Zeit für uns. Und doch, relativ schnell schaffen wir auch das und halten von nun an unsere Eltern auf Trab. Selbst schuld, haben sie doch großen Anteil daran, dass wir das jetzt können.

Wir schreien, also müssen wir doch auch reden können: „Mama, Papa, AA." Das Ziel, sprechen zu können, rückt mal näher und dann wieder weiter weg.

Die bis hierhin erreichten Ziele wurden uns aus den Erbanlagen vorgegeben. Die nächsten Ziele werden uns aufgezwungen:

Der Löffel kommt in die eigene Hand, um sich selbst füttern zu lernen. Es wird die „gute" Hand eingefordert. Nicht immer die richtige. Bis das Essen den Mund erreicht, landet viel Spinat oder Möhrenbrei auf der Nase, auf Mamas Shirt und auf dem Tisch. Unsere Geschmacksnerven entwickeln sich und spucken aus, was wir nicht mögen. Bunte Gesichter von Eltern sind besonders schön.

Und dann heißt es endlich: Geschafft! Wir brauchen die Windel nicht mehr und gehen jetzt aufs Töpfchen. Warum freuen sich die Eltern eigentlich, wenn wir ihnen Häufchen hinterlassen? Später werden sie meckern, wenn wir die

Bürste nicht benutzen.

Der „Wunsch" in den Kindergarten zu gehen, wird meist von den Eltern vorgegeben. Daraus entwickelt sich aber oft ein eigenständiges Ziel, nämlich öfter dort hin zu wollen.

Die nächsten Ziele bestimmen wir mit. Der Drang, in die Schule zu wollen, kann nicht aufgehalten werden. Schnell haben wir als Kinder die Einschultüte geleert und lernen Lesen, Schreiben und Rechnen. Das macht mehr Freude als Malen. Nach dem Buch ist von nun an vor dem Buch.

Die Klasse trennt sich, da einige unbedingt aufs Gymnasium wollen oder müssen. Anderen reicht der normale Abschluss oder die Mittlere Reife.

Im Kopf wachsen Ziele, was wir Kinder werden wollen: Tierärztin, Polizist, Feuerwehrmann, Krankenschwester, Astronaut oder auch Hartz-IV-Empfänger.

Mit den Jahren wird es immer schwieriger, die neuen gesetzten Ziele zu erreichen. Vom Lernen durch Freunde oder andere Interessen abgelenkt, bekommen viele den Abschluss nicht. »Dann komme ich eben später ans Ziel«, wird sich eingeredet.

Die finanziellen Barrieren sind für viele eine unüberwindbare Hürde und halten sie vom Zieldurchlauf zurück. Beruf, Haus und Familie lässt ein Ziel immer wichtiger werden: Der Nachwuchs sollte es einmal besser haben!

Mit den Jahren rückt das Ziel „Gesundbleiben" immer

mehr in den Fokus. Bis hin zu dem letzten Wunsch, an einem Abend lebenssatt einzuschlafen und über Nacht sanft zu sterben.

Tod: Das letzte Ziel wurde erreicht.

Geld wird knapp

Es war der Fünfzehnte des Monats. Welcher Monat es war, weiß ich nicht. Das ist auch unwichtig, denn es gab viele Fünfzehnte, bei denen in unserer Familie ein Problem auftauchte: Geldmangel!

Mein Vater arbeitete im Schichtdienst bei Mannesmann. Anders als die Betriebe und Firmen in der Umgebung zahlten sie die Löhne für die Arbeiter immer am Zwanzigsten eines Monats aus. Es hieß also, vom Zwanzigsten bis zum nächsten Zwanzigsten mit dem Geld hauszuhalten.

Die Angestellten bekamen ihr Gehalt immer zum Monatsende. Da im Werk Mannesmann bis ca. 8.000 Mitarbeiter beschäftigt waren, wurde der Andrang auf verschiedene Banken im Stadtteil Rath verteilt. Die Banken und die Firma hatten sich darauf verständigt, denn es gab ja noch viele andere Bewohner in dem Stadtteil von Düsseldorf. Auch die Rentner stürmten die Banken, wenn es die Rente gab.

Obwohl mein Vater durch seine schwere Arbeit im Walzwerk gut verdiente, reichte es nie, eine neunköpfige Familie mit dem Notwendigsten zu versorgen. Meine Mutter hatte neben ihrem Haushalt noch eine Putzstelle. Ein Zubrot, was half, aber nicht immer alle Löcher stopfen konnte. Und darin lag das Problem. Jeden Tag für die große

Familie Essen und Trinken einkaufen, dazu Kleidung, Schulsachen und die übrigen monatlichen Belastungen, das war nicht einfach zu stemmen und bedurfte bester Planung.

Die Wohnungsbaugesellschaft, die Stadtwerke und die Müllabfuhr, um nur einige der monatlichen Belastungen aufzuzählen, zogen ihre Zahlungen immer zum Einundzwanzigsten oder dem nächsten Werktag ein. So waren sie sicher, dass sie ihr Geld bekamen, und die Familien hatte ein gesichertes Dach über dem Kopf.

In Rath gab es über 3.000 Wohnungen, die der Wohnungsgesellschaft Mannesmann gehörten. Werkswohnungen, Häuser, in denen meist sechs bis acht Parteien wohnten. Die meisten Wohnungen konnten nur bezogen werden, wenn die Familie einen Sozialschein hatte.

Wir hatten einen Wohnberechtigungsschein und wohnten auf der Dortmunderstraße in einer Sozialwohnung mit 75 Quadratmeter Wohnfläche. Schlafzimmer, ein Kinderzimmer, Wohnzimmer und eine Küche. Um allen in der Familie ein Bett zu Verfügung zu stellen, hatten meine Eltern noch zwei Mansarden gemietet. Dort wohnten wir älteren Kinder, unten im Kinderzimmer die kleinen.

In dem Haus lebten vier Familien mit insgesamt 26 Personen. Ein kinderreiches Haus und alle sechs Mansarden waren belegt. Das Klo war auf dem Flur, und gebadet wurde im Keller. Welche Familie wann baden durfte, war in einem Aushang geregelt. Die Waschküche diente auch als

Badezimmer. In der Wohnung musste man sich in der Küche am Waschbecken waschen. Nicht immer einfach, da ja dort auch gekocht wurde.

Es gab in der Siedlung um die Recklinghauser-, die Dortmunderstraße und den Rather Kreuzweg viele kinderreiche Familien, die in gleichen Verhältnissen lebten.

Die etwas besser Gestellten wohnten in dem einzigen Hochhaus auf der Bochumerstraße. Unten im Haus gab es eine Wäscherei mit einer großen Mangel. Dort konnte man für kleines Geld seine Betttücher waschen und mangeln lassen. Ein Luxus, den wir uns nicht leisten konnten. Bei uns wurde gewaschen, die Wäsche auf Leinen getrocknet und nach dem Falten mit einer Steinplatte beschwert. So wurden die Bettlaken glatt.

In dem Hochhaus gab es auch einen »Tante-Emma-Laden«. Weit von der Einkaufsmeile Westfalenstraße entfernt und alles teurer als bei Otto-Mess oder Spar. Doch der Laden war gut besucht. Denn der hatte einen Vorteil, den die Supermärkte nicht anboten: Anschreiben.

Bei Tante Hanne (eigentlich hieß die Frau Hannweder) konnte man einkaufen und die Ware erst bei der nächsten Lohnzahlung begleichen. Jedenfalls bis zu einer gewissen Summe. Die lag so um die 50 Mark. Eine Summe, die für eine Großfamilie schnell erreicht war.

Doch zurück zu dem Fünfzehnten und dem fehlenden Zahlungsmittel. Die beste Planung half nicht, wenn es

Unvorhergesehenes gab. Geldausgaben, die nicht planbar waren.

Schon die Beteiligung an einem Kranz für einen verstorbenen Verwandten, einen Freund oder jemandem aus dem Haus führte fast zur Katastrophe. Von Haushaltsgeräten ganz zu schweigen. Die konnten nur abgestottert werden, was den Beutel ebenfalls schmälerte. Was also tun, wenn es erst in vier oder fünf Tagen neues Geld gab?

Meine Mutter ging wie viele andere Mütter zur Bank und bat um einen Vorschuss auf das zu erwartende Geld. Doch hier wurde sie oft abgewiesen. Nur wenn Herr B. hinter dem Schalter stand, konnte sie hoffen, etwas Geld zu bekommen. Herr B. war ein Bankangestellter, der mehr als nur ein gutes Herz auf dem rechten Fleck für Bedürftige hatte.

Diesmal war er nicht am Schalter, als meine Mutter zur Bank ging. Ohne einen Pfennig bekommen zu haben, musste sie wieder nach Hause gehen. Sie wusste, dass es am Abend wohl nichts zu essen geben würde und dachte dabei nicht an sich, da bin ich mir sicher. Sie dachte an uns Kinder und an ihren Mann Armin, der ohne eine kräftigende Mahlzeit zur Nachtschicht musste.

Nun kam ich ins Spiel der Armutsbewältigung. Ich, der kleine Michael mit den blauen, unschuldigen Augen und den blonden Locken. Meine Mutter machte einen

Einkaufszettel und legte ihn in eine Stoffeinkaufstasche.

»Michael, du musst zur Tante Hanne gehen und für uns was einkaufen. Den Zettel habe ich in den Beutel getan. Zieh dir deine Schuhe an und dann los. Trödel aber nicht rum. Sag Frau Hanne, dass ich übermorgen das Geld bringe.«

Ich wusste noch nicht genau, was es damit auf sich hatte, einkaufen und nicht zu bezahlen. Mit meinen sieben Jahren verstand ich noch nicht, was es bedeutet, auf Pump zu kaufen. Doch ich wusste, dass es für mich nichts Gutes bedeutete. Immer gab es bei der Tante Ärger. Sie schimpfte, sprach von Schulden und vom Bezahlen. Auch wenn sie dabei sagte, du kannst ja nichts dafür, fühlte ich mich schlecht.

Ich machte mich trotzdem auf den Weg. Meine Mama hatte mir berichtet, dass wir heute Abend nichts zu essen hätten, wenn ich nicht gehen würde. Ich sollte doch an Papa denken, an meine Geschwister und vor allem an Gerda, meiner Schwester.

Diese war sehr krank und konnte sich nicht bewegen. Sie lag immer im Bettchen oder auf dem Schoß von Papa. Manchmal durfte ich sie füttern. Haferflockenbrei mochte sie am liebsten. Und der war auch alle, hatte Mama gesagt. Schon deshalb ging ich los.

Nicht meine älteren Brüder, nein, die wollten nicht, und so war ich wieder an der Reihe. Meine Eltern wussten, dass

Tante Hanne mich gut leiden konnte.

Wir spielten oft in dem Park hinter dem Hochhaus. Manchmal war keiner meiner Spielkameraden da, und dann ging ich zu Tante Hanne in den Laden und fragte, ob ich ihr etwas helfen könnte. Da ich keine Süßigkeiten mochte, hatte ich dabei die leckere Wurst im Sinn, die sie mir schenkte, wenn ich was half.

Ich fegte vor ihrem Laden oder räumte ein wenig Müll weg. Leere Flaschen in die Kisten oder fegte mal im Laden, wenn zu viele Gemüseblätter heruntergefallen waren. Die kamen in eine Kiste unter dem Gemüseregal. Kaninchenfutter, das sie an Kunden verschenkte.

So tat ich etwas und bekam etwas. Das war gut. Aber ich hasste es, bei ihr zu betteln. Doch nun war ich auf dem Weg zu ihr und konnte nichts anderes tun als betteln.

Wie immer begrüßte mich Tante Hanne mit einem Lächeln. »Heute habe ich keine Arbeit für dich, aber komm, eine Scheibe Wurst bekommst du trotzdem.« Als sie jedoch meine Tasche sah, hörte sie auf zu lächeln und machte ein ernstes Gesicht.

»Nee, mein kleiner Blondschopf. Ich kann euch nichts mehr geben. Sag deiner Mama, dass sie erst die Schulden bei mir bezahlen muss, dann gibt es wieder was.«

»Tante Hanna, meine Mama hat gesagt, dass sie mit Geld kommt und bezahlt. Ich habe vergessen, was sie gesagt hat, wann sie kommt. Und sie hat gesagt, dass es nicht viel ist, was auf dem Zettel steht.«

»Michael, ich weiß, dass deine Mama immer bezahlt. Aber jetzt habt ihr schon für fast 100 Mark bei mir eingekauft, ohne zu bezahlen. Ich benötige doch auch Geld, um die Ware einzukaufen. Außerdem hat deine Mama bei mir bezahlt und ist dann in den großen Supermarkt gegangen und hat da viel mehr eingekauft als bei mir. Es tut mir leid, aber ich kann dir heute nichts geben. Aber komm, nimm die Wurst und komm mit deiner Mama wieder, wenn es Geld gegeben hat.«

Nicht alles, was sie sagte, hatte ich verstanden, doch dass es nichts geben würde, das schon. Mir wurde mit einem Schlag klar, Gerda würde heute ihren Brei nicht bekommen, wenn ich den nicht mitbringe. Die arme Gerda, das geht doch nicht. Wir bekommen Nudeln, Pommes und Knödel. Aber sie darf so was nicht essen.

»Tante Hanna. Ich will die Wurst nicht. Gerda bekommt heute Abend nichts zu essen, da will ich auch nichts essen.«

Ich drehte mich um und fing an zu weinen. Nicht, weil ich nichts zu essen bekommen würde. Doch außer Gerda würde auch Papa hungrig zur Arbeit gehen.

Einmal waren Mama und ich bei Papa auf der Arbeit. Wir haben ihm Essen mit dem Henkelmann gebracht. Da habe ich gesehen, wie mein Papa arbeiten muss. Ganz schmutzig war er. Das Essen haben wir ihm gebracht, weil er nicht nach Hause kommen konnte, sondern noch weiterarbeiten musste. Das kam oft vor. Weil es so viel zu tun gibt, hatte er immer gesagt.

Draußen setzte ich mich auf den Steintrog neben dem Laden. Der war für Blumen, doch da waren keine drin. Ich heulte, weil ich nichts bekommen hatte und mit einem leeren Beutel nach Hause musste.

»Die arme Gerda, der arme Papa.« An meine Mama und an meine anderen Geschwister habe ich gar nicht gedacht. Ich überlegte, was ich machen könnte. Doch es fiel mir nichts ein, außer dass ich etwas bei ihr mache und sie mir statt der Wurst den Brei gibt.

»Tante Hanna«, sagte ich schluchzend, »kann ich etwas bei dir machen, und du gibst mir den Brei für die Gerda, nur den Brei? Bitte Tante, nur den Brei für meine kranke Schwester. Bitte!«

Dann versagte meine Stimme, und mir wurde schlecht.

Schnell war Frau Hannweder zur Stelle, packte mich und setzte mich hinter der Ladentheke auf einen Stuhl. Sie gab mir ein Glas Wasser und sagte: »Was machst du für Sachen? Fällst einfach um, mein kleiner Engel. Keine Sorge, ja ich werde dir den Brei für deine liebe Gerda mitgeben.«

Sie ging um die Theke herum und kam mit dem Einkaufsbeutel wieder.

»Austrinken, du musst das Glas austrinken. Sonst gibt es nichts«, obwohl sie das drohend aussprach, spürte ich, dass sie das nicht ernst meinte.

Ich war so froh und hörte auf zu heulen, als ich sah, dass sie den Einkaufszettel aus der Tasche nahm.

»Na, viel steht ja wirklich nicht auf dem Zettel. Aber Schokolade gibt es nicht. Warte und bleib noch sitzen bis ich das fertig habe«, meinte sie und suchte in den Regalen nach den Dingen, die Mama aufgeschrieben hatte.

»Die dicken Bohnen habe ich nicht mehr, dafür gebe ich euch einen schönen Wirsing mit, der ist auch lecker und wird euch satt machen. Das Einkaufsnetz soll deine Mutter mitbringen, wenn sie mit dem Geld kommt«.

Ich sah das Netz und den Wirsing darin. Es schüttelte mich ein wenig, da ich keinen Wirsing mochte, doch das machte mir nichts aus. Ich sah den vollen Einkaufsbeutel und war so froh.

»Michael, mein Kleiner, hier ist der Zettel für deine Mutter. Da steht drauf, was es kostet, was ich dir heute mitgebe. Auf der Rückseite vom Zettel steht, was die Mama an Geld mitbringen muss, wenn sie kommt.«

Den Zettel musste ich mit Michael unterschreiben, was ich ja schon konnte. Schließlich war ich doch schon ein großer Junge, wie meine Mutter immer sagte. Doch ich fühlte mich nicht immer so.

Als ich aufstehen wollte, sagte die Tante: »Du bleibst noch sitzen.« Und kam mit einer dicken Salamischeibe zu mir.

Leicht schniefend und immer noch schluchzend nahm ich die Scheibe Wurst, sah Tante Hanna an und sagte wie immer brav »Danke schön.«

Frau Hannweder mochte den kleinen Michael wegen seiner guten Manieren. Schon oft hatte sie gesehen, wie der Kleine die große Türe vom Geschäft aufgemacht hatte, wenn eine ältere Frau rein oder raus wollte. Von der Frau Heinrichs, einer alten Frau, die auch in unserem Haus wohnte, hörte sie, dass er ihr die Einkaufstasche hochtrug, obwohl die für ihn fast zu schwer war.

Sie achtete den Mut und den Ehrgeiz, wie er sich für sein krankes Schwesterchen einsetzte, schimpfte aber auch auf seine Mutter, die ihm und seinem kleinen Herzen so viel zumutete.

Mit einem lachenden Gesicht ging ich zu Tante Hanna, bedankte mich für die Sachen und versprach, beim nächsten Mal nur mit Geld bei ihr einzukaufen.

Damals war mir nicht wirklich klar, dass sich das noch einige Male wiederholen würde.

Mit einer zweiten Scheibe von der leckeren Wurst machte ich mich auf den Heimweg.

Kalt

Die Weihnacht, der Winter, und das Kalt –
lieber Sommer, komm doch bald.

Geschenke, der Baum und gutes Essen –
statt Bier bei 30 Grad gemessen.

Der Schal, die Mütze, warmen Socken –
in der Sonne möcht' ich hocken.

Sylvester, laute Kracher, Sekt –
im Garten Bier mir besser schmeckt.

Der Schnee, das Salz und auch die Glätte –
den Strand mit Sand ich lieber hätte.

Das Dunkel, wenig Tag, kaum Licht –
bringt Freude mir am Leben nicht.

Der Tau, die Knospen, Sonnenschein –
da werd' ich glücklich, das ist mein.

Die kleine Schneeflocke Lisa

Sie hatten für diesen Abend den ersten Schneefall des Winters angekündigt. Den ganzen Tag über war es schon knackig kalt gewesen. Als das Tageslicht einer zarten Dämmerung wich, lief Walter aus dem Haus in den Garten und schaute in den Himmel. Dichte Schneewolken schwebten hoch oben.

Er wohnte in einer großen Stadt und mochte den Schnee nicht besonders. Sicher, auf der Wiese hinter dem Haus oder auf dem kleinen Hang des angrenzenden Waldes, da war er schön anzusehen. Dort konnten Kinder Schneemänner bauen oder mit dem Schlitten fahren.

Aber vor seinem Haus mochte er ihn nicht. Immerhin war es sein Haus, und das verpflichtete ihn, den Bürgersteig davor permanent vom Schnee zu befreien, wollte er nicht für Unfälle haften.

Erschwerend kam hinzu, dass der Winterdienst der Stadt den Schnee von der Straße wieder auf den Gehweg schob, und Walter konnte von Neuem mit dem Schaufeln anfangen.

Nein, Schnee in der Stadt mochte er ganz und gar nicht.

Er hatte Streusalz kaufen müssen, und neben diesen Kosten schleppte man sich dann auch noch eine Mischung aus Streusalz und Schneematsch ins Haus.

Schnee bedeutete Aufwand.

Walter schaute nach oben und presste die Lippen aufeinander. Bald würden sich die ersten Flocken lösen und herabrieseln. Er kniff die Augen zusammen und konnte die vorwitzigen Schneeflocken schon erkennen.

Ihre sternförmigen, kristallenen Arme leuchteten im verblassenden Tageslicht. Eine von ihnen leuchtete besonders auf ihrem Flug durch die kalte Luft.

Die kleine Schneeflocke Lisa.

»Vorsicht! Bitte flieg weiter. Hier ist eine große Stadt. Hier wirst du keine Freude haben«, rief er laut und wedelte aufgeregt mit den Armen.

»Es gibt hier keinen Platz für dich. Schau dir die vielen gelben, blinkenden Lichter an. Das sind Autos, die Salz verstreuen. Salz, das dich sofort zu Wasser werden lässt. Sobald du landest, wirst du auch schon vernichtet. Hier haben die Fahrzeuge Vorrang. Flieg weiter! Suche dir Berge und Höhen aus, dort bist du willkommen. Dort darfst du sein!«

Lisa sah den Mann unter sich. Er winkte immerzu und zeigte hinüber zu den Bergen. Sie hörte ihn rufen, verstand sogar seine Worte und sah die vielen Lichter, vor denen er warnte. Lisa erinnerte sich an die Ratschläge ihrer Mutter, darauf zu achten, an einem Ort zu landen, an dem es kaum Lichter gab. Sie solle sich eine Gegend suchen, die bereits von vielen anderen gelandeten Schneeflocken in ein strahlendes Weiß verwandelt worden war.

Die Mahnungen ihrer Mutter und die aufgeregten Warnungen des fremden Mannes überzeugten sie. Lisa erwischte eine Böe, legte sich auf deren luftigen Rücken und schwebte weiter.

Auch die kleine Schneeflocke Bea, die neben ihr flog, hatte den Mann gehört und sah sich die Lichter an. »Das sieht so schön bunt aus. Ein richtiges Begrüßungskomitee«, sagte sie zu Lisa.

Beas Eltern hatten ihr nichts von den Menschen oder den Städten erzählt, in denen diese lebten. Das Einzige, was sie ihr mit auf den Weg gegeben hatten, waren die schönen Erinnerungen, die sie selbst machen durften: »Kinder werden aus dir und deinen Freunden einen Schneemann bauen, mit Mütze, Möhre, Kohlen und einem Besen.«

»Ich lass mich jetzt fallen«, rief sie Lisa zu. »Noch weiter zu fliegen, ist mir zu anstrengend. Sieh doch, all die bunten und blinkenden Lichter, wie schön das aussieht. Komm mit mir!«

Lisa winkte ab und verabschiedete sich von ihrer Freundin Bea, die sich in die Stadt fallen ließ, begleitet von unzähligen anderen Schneeflocken, die vom Lichtermeer angezogen wurden.

Bea landete auf einer Autobahn, wurde sofort überfahren und zerdrückt. Andere, die zunächst mehr Glück hatten, bestreute das herbeieilende Winterdienst-Fahrzeug mit Salz. Sie schmolzen und verflüssigten sich. Dann flossen sie in den Abwasserkanal und landen eines Tages im Meer.

Lisa, die das alles mit ansehen musste, neigte leicht ihren kristallenen Körper, um dem Mann unter ihr zuzuwinken, und flog dann weiter. Sie suchte sich immer wieder neue Luftpolster oder Böen, die sie weiter und weiter trugen.

Nach vielen Stunden fiel es ihr zunehmend schwerer, sich in der Luft zu halten. Aber endlich erspähte sie am nahen Horizont die Berge. Die hohen Gipfel hatten weiße Kappen und sie leuchteten verheißungsvoll in der Dunkelheit.

Das müssen die Schneeflocken vom letzten Jahr oder gar von den Jahren davor sein, dachte sie. Noch einmal sammelte sie alle Kräfte, hielt sich am Himmel und flog auf sie zu.

Als Lisa sich genau über einer der Bergspitzen befand, ließ sie sich erschöpft fallen. Die anderen, mit denen sie zuletzt geflogen war, taten es ihr nach. Einige landeten auf der Spitze des Berges, andere purzelten die Hänge hinunter und kamen erst auf einer Wiese zur Ruhe.

Schon am nächsten Morgen eilten Kinder herbei und bauten einen schönen Schneemann aus ihnen. So erfreuten sie sich an einem langen, kalten Winterleben. Erst die Frühlingssonne brachte sie zum Schmelzen.

Nur Lisa nicht. Sie war auf dem höchsten Berg gelandet, der Zugspitze hieß. Dort war es immer kalt genug, und Lisa lebt dort oben nun schon seit vielen, vielen Jahren. Wer zur Zugspitze hinauf schaut und konzentriert die Augen zusammenkneift, kann sie sehen.

An schönen Tagen winkt die kleine Schneeflocke Lisa mit ihren leuchtenden, sternförmigen Armen den Menschen zu, hatte ihr doch einer von ihnen den rechten Weg gewiesen.

Die himmlische Hand

Die Kinder der Klasse 6A freuten sich auf den Religionsunterricht, denn Pater Gregor war ein Freund von Geschichten. Wenn er aus der Bibel las, waren diese Erzählungen spannend und lustig.

Viele seiner Geschichten hatte er selbst erlebt, und alle hatten einen biblischen Hintergrund.

»Kann ein einzelner Mensch, und dazu noch ein Geistlicher, so viel erlebt haben?«, fragten die Kinder sich nicht nur einmal. Ob seine Geschichten alle immer der Wahrheit entsprachen, bezweifelten sie manchmal. Obwohl sie ja stimmen mussten, schließlich darf ein Pfarrer ja nicht lügen.

Dass er aus Afrika stammte, sah man an seiner fast schwarzen Hautfarbe. Vielfach haben sich die Kinder über seine Nase lustig gemacht. Eine Nase, auf die jeder Boxer stolz gewesen wäre. Sie wirkte platt gehauen. Am Kopf sah er aus wie ein frisierter Pudel. Sein Gang war schwerfällig, und seine Stimme klang wie ein Kontrabass. Doch das war alles nicht wichtig. Es war der Mensch, den alle sehr mochten.

Die Klasse war sehr traurig, als er eines Tages mitteilte, dass er die Schule verlassen und nach Amerika gehen wolle, um dort eine neue Gemeinde zu übernehmen. In seiner letzten Unterrichtsstunde fragten sie ihn, ob alle seine

Geschichten wirklich stimmten. Er versicherte, dass er sie alle erlebt habe und dass sie die Geschichten in sich lassen sollten, so wären sie Gott immer nah.

Warum er die Bibel aus der Hand gelegt hatte, bevor er ihnen antwortete, wussten die Kinder nicht. Gedacht hatten sie sich aber etwas.

Jeder hatte ein Bild von sich mitgebracht und das klebten sie dann in ein Schulheft. Unter sein Bild hat dann jeder einen Spruch geschrieben. Gerührt nahm er das Heft entgegen.

»Alle Sprüche sind ernst gemeint«, versicherten ihm die Kinder. Dabei hatte keiner von ihnen die Bibel in der Hand, aber alle hatten sie diese vor sich auf dem Tisch liegen. Sein Lächeln, als er das bemerkte, war mehr als ein Eingeständnis.

Jeder wurde von ihm gedrückt und bei einigen Mädchen sah man sogar ein paar Tränen. Die Jungs, fast zwölf Jahre alt, nahmen diesen Abschied eher gelassen hin. Durch das offene Fenster bekam allerdings der ein oder andere etwas Zug auf die Augen.

Beim nächsten katholischen Unterricht stellte sich ein Pfarrer mit dem Namen Wickers vor. Als sie den Namen zum ersten Mal hörten, dachten alle sofort an die Hustenbonbons und mussten darüber lachen.

Der Unterricht bei ihm war jedoch alles andere als lustig.

Was wohl daran lag, dass die Klasse von nun an einzelne Psalmen auswendig lernen musste. Hier und da versäumten einzelne Schüler oder Schülerinnen wegen plötzlicher Krankheit den Unterricht bei ihm.

Durch seine Herkunft hatte er einen amerikanischen Akzent. Schaute man nicht hin, konnte man glauben, ein Cowboy würde reden. Sehr oft kam er mit einem Kaugummi im Mund in den Schulraum, den er dann herausnahm und in kleines Silberpapier einpackte. Ob er darauf nach dem Unterricht weiter kaute, wussten die Kinder nicht. Gesehen haben sie es nie.

Sein schmales Gesicht machte einen grausigen Eindruck. Überhaupt war er sehr dürr, was auch durch seine weiße Kutte nicht verdeckt wurde. Eine weiße Kutte. Der alte Pfarrer hatte immer eine schwarze getragen. Es war eben alles anders als früher.

Einmal, als ein Kind namens Erich vergessen hatte, welchen Psalm er auswendig lernen sollte, kam er ohne entsprechende Vorbereitung zum Unterricht. Es kam, wie es immer kam, wenn jemand mal etwas nicht gelernt hatte. Ausgerechnet er wurde nach den ersten drei Zeilen des Psalms gefragt.

»Es tut mir leid, ich habe sie nicht gelernt«, sagte Erich ehrlich. Schließlich stand ein Pfarrer vor ihm, und spätestens bei der nächsten Beichte hätte er sowieso die Wahrheit gehört. Denn er war ja auch der Pfarrer dieser

Gemeinde.

»Was heißt das, du hast nicht gelernt?«

Pfarrer Wickers Stimme klang alles andere als freundlich und wurde auch lauter. Das lag wohl auch daran, dass er sich der Schulbank von Erich näherte.

»Ich konnte nicht lernen, ich wusste nicht, welchen Psalm wir lernen sollten.«

»Warum nicht?«

»Ich habe nicht verstanden, was sie uns als Aufgabe gegeben haben. Sie reden ja manchmal so undeutlich. Da habe ich das nicht verstanden.«

Kaum, dass der Schüler das ausgesprochen hatte, bekam er eine Ohrfeige.

»Zuhause wirst du den Psalm auswendig lernen und ihn zwanzigmal aufschreiben.«

Erich sagte nichts außer »Aua«, und der Pfarrer ging wieder zu seinem Pult. Als er von ihm weg war, packte Erich seine Schulsachen zusammen und stand auf.

»Wo willst du hin?«, fragte ihn Pater Wickers. Doch Erich sagte wieder nichts, schaute ihn auch nicht an, sondern ging schnurstracks zur Tür und hinaus.

»Du bleibst hier, du ungezogener Bengel«, hörten er und die ganze Klasse noch. Aber auch das interessierte den Jungen nicht. Es schien, als wollte er nur weg. Weg von diesem Menschen, weg von dem, der mit dem Mund Frieden predigt und mit der Hand Schläge verteilt.

Erich lief sofort nach Hause und erzählte das Erlebnis seiner Mutter.

»Na, das solltest du heute Abend deinem Vater erzählen. Der wird wissen, was zu tun ist.«

Erich legte sich ins Bett, weil er starke Kopfschmerzen bekommen hatte. Am Abend ging es ihm etwas besser, und er setzte sich zum Abendessen an den Tisch. Nach dem Essen fragte ihn sein Vater, was denn in der Schule los gewesen sei, da die Mutter ihm wohl schon etwas berichtet hatte. Erich erzählte ihm die Geschichte und zeigte dabei seine immer noch gerötete Wange.

Sein Papa fragte ihn nicht, ob das stimme, was er da erzählt hatte. Er wusste, wenn der Junge ihm etwas sagte oder erzählte, dann war das die Wahrheit.

»Wann hast du den nächsten Unterricht bei dem?«

»Nächsten Donnerstag um 10 Uhr, nach der großen Pause.«

Der Vater nickte kurz, stand auf und sagte: »Ich habe dir eine Entschuldigung für den Rest der Stunden, die du heute gefehlt hast, geschrieben.« Damit verschwand er ins Wohnzimmer. Erich ging wieder auf sein Zimmer und legte sich ins Bett.

Am nächsten Tag wurde Erich in der Schule von seinen Klassenkameraden begrüßt. »Mensch, das war klasse, wie du den Pater hast stehen lassen. Der hat noch einige Male geflucht. Fast wäre ich auch aufgestanden. Nachher haben wir gedacht, dass wir alle hätten gehen sollen. Dem Herrn Böhme haben wir die Sache erzählt, weil du ja nicht mehr da warst.«

»Ist schon okay. Geht ja nur mich etwas an. Mein Vater hat mir eine Entschuldigung für den anderen Unterricht geschrieben.«

Dann klopfte der eine oder andere dem mutigen Schüler noch auf die Schultern, bevor alle den Klassenraum betraten. Der Lehrer nahm Erichs Entschuldigung entgegen und legte sie ins Klassenbuch. Zu dem Vorfall sagte er nichts. Auch Erich hatte nichts mehr dazu gesagt. So verging der Unterricht, und es war Wochenende.

Am Donnerstag stand die nächste Religionsstunde an. Bevor es zur großen Pause ging, packten die Evangelen ihre Sachen für ihren Katechismus-Unterricht zusammen. Der Unterricht für sie fand in einem anderen Raum statt. Da es eine katholische Schule war, mussten sie wandern. Die „guten Christen" durften im Raum bleiben. Die Klasse hätte es damals für gerechter gefunden, man hätte die eigene Klasse abwechselnd genutzt.

Dann kam die große Pause. Natürlich war Pater Wickers ein Thema.

»Was machst du? Gehst du in den Unterricht oder nicht?«

»Klar gehe ich in den Unterricht. Eine Fünf oder Sechs in Religion zerstört den ganzen Notendurchschnitt.«

»Wir sind alle gespannt, was er heute mit dir macht, nachdem du das letzte Mal einfach abgehauen bist.«

»Ich auch«, sagte Erich und ging mit einem mulmigen Gefühl in den Klassenraum.

Der Pater betrat den Klassenraum wie immer erst dann, als alle schon im Raum waren. Kam er mal etwas zu früh, blieb er draußen und wartete, bis alle drin waren, erst dann ging er rein. Natürlich erwartete er dann, dass die Kinder brav neben der Bank standen und ihn freundlich begrüßten.

Auch Erich stellte sich hin, grüßte den Pfarrer aber nicht. Ob der es mitbekommen hatte, war nicht sicher, da Erich ja in einer der hinteren Bänke stand.

»Guten Morgen, setzt euch und schlagt in der Bibel die Seite 632 auf. Die Sprüche Salomons.«

Nach einer Weile sagte er: »Wir fangen hier vorn an und jeder liest einen Spruch, den er dann auch zu Hause auswendig lernen soll.«

Marion fing an mit der Überschrift von Salomon, dem Sohnes König Davids, als es klopfte.

Die Türe ging auf und ein Mann kam in den Raum. Erich erkannte seinen Vater. Der schaute sich kurz um, und als er seinen Sohn sah, fragte er: »Erich, ist das der Pfarrer, der dich geschlagen hat.«

»Ja«, sagte Erich. Er und alle anderen waren gespannt, was nun geschehen würde. Sein Vater ging zum Lehrerpult, wo der Pfarrer saß.

»Guten Tag, ich bin der Vater von Erich. Dem Jungen, den Sie beim letzten Unterricht geschlagen haben.«

Dann holte Erichs Vater aus und seine Hand knallte auf Herrn Wickers rechte Backe. Und dann knallte es auch noch auf der anderen Seite des Gesichts.

»Damit sie sehen, dass auch ich ein bibelfester Mensch bin: Schlägt dich jemand auf die rechte Wange, so halte ihm, auch die linke hin. Ich wusste, dass sie so reagieren würden, und bin Ihnen nur zuvorgekommen. Sie werden in Zukunft das Schlagen meines Sohnes unterlassen. Über geeignete Maßnahmen hinsichtlich des Lernens können wir uns gerne unterhalten. Ich wünsche ihnen noch einen gesegneten Tag.«

Der Vater von Erich drehte sich um und ging aus dem Raum. Pater Wickers saß in seinem Stuhl und hielt sich beide Wangen. Dann schaute er Marion an und sagte in einem ruhigen, fast demütigen Ton: »Bitte lies jetzt weiter vor, und ihr anderen hört bitte aufmerksam zu.«

Nach und nach wurde jetzt gelesen. Als die Stunde zu Ende war, sollten die, die nicht zum Lesen gekommen waren, sich den nächsten und übernächsten Spruch heraussuchen und ebenfalls auswendig lernen. Dann stand er auf und ging hinaus, ohne sich zu verabschieden.

Alle kamen nun zu dem Jungen und lobten seinen Vater.

»So einen hätte auch ich gerne, meiner haut immer noch einen zusätzlich drauf. So nach dem Motto: 'Der andere hat recht und du bist ein böser Junge'.«

Dann kam unsere Geschichtslehrerin, und die Klasse beruhigte sich wieder. Erich war stolz auf seinen Papa und auch ein wenig stolz auf sich, dass er beim letzten Unterricht aus der Klasse gegangen war. Pater Wickers hat Erich nie wieder geschlagen und auch die anderen Kinder wurden von ihm nicht mehr berührt.

Am Ende des Schuljahres gab es Zeugnisse, und im Fach Religion stand bei Erich: »Sehr rege teilgenommen«, was der Note „Sehr gut" entsprach.

Nietes, mein alter Schulkamerad

Eigentlich wollte ich ein ruhiges Wochenende verbringen.

Am Ende des Schuljahres gab es Zeugnisse, und im Fach Religion stand bei Erich: »Sehr rege teilgenommen«, was der Note „Sehr gut" entsprach.

Am Abend rief mich aber Herr Bohn an und fragte, ob ich mich an die Wohnung in der Brehmstraße erinnere, wo die Türe zum Wohnzimmer nicht passte. Ich Bejahrte die Frage. »Können Sie sich die mal ansehen. Die Mieterin würde sehr gerne eine neue Türe haben. Also eine, die dann auch schließt. Sie arbeitet privat, und ausschließlich zu Hause. Sie gibt Männern »Nachhilfe« in Sex, damit sie dann Zuhause besser sind. Damit eine Privatatmosphäre entsteht, benötigt sie die Türe. Scheinbar ist es ihr peinlich, wenn sie gerade »Unterricht« gibt und der nächste Kunde im Wohnzimmer sitzt. Natürlich hört er dann einiges vom »Lehrplan«. Hier und da ist sich wohl schon mal der eine oder andere »Schüler« begegnet. Wäre also auch eine dringende Angelegenheit. Auf dem Markt gibt es diese Größe oder mit diesen Maßen nicht zu kaufen. Aber das Wissen sie ja selbst. Sonst hätten wir damals nicht die Notlösung gewählt. Sie müsste also angepasst werden.« »Ich weiß Herr Bohn. Leider war da keine Zeit, sonst hätte ich das ja schon damals gemacht.« Geht es, dass Sie schon morgen dort mal vorbeifahren?« »Wann ist die Frau denn zu Hause?« »Ich gebe Ihnen mal die Nummer. Sie ist auf jeden Fall heute Abend zu Hause. Ich habe ihr gesagt, dass Sie sich melden werden. Die Kosten rechnen

Sie bitte mit mir ab.« Nachdem ich die Telefonnummer und den Namen der Frau hatte, verabschiedeten wir uns.

Natürlich habe ich die Frau noch am gleichen Abend angerufen. Am anderen Ende wurde ich mit einem »Hallo« begrüßt, was eindeutig Begierde erzeugen sollte. »Guten Abend Frau Kessel. Mein Name ist Altmann. Ich rufe im Auftrag von Herrn Bohn an. Die Wohnzimmertüre soll ausgetauscht werden. Dafür muss ich mal die Maße nehmen.« »Hallo Herr Altmann. Schön das sich dieser Sache annehmen. Können sie morgen Früh, so gegen 9.00 Uhr kommen? Dann bin ich auf jeden Fall hier.«

Ihre Stimme klang nun völlig normal. Ich bestätigte den Termin und wusste, dass der Einstieg in ein ruhiges Wochenende erst mal nicht gegeben war. So fuhr ich am nächsten Morgen zu ihr. Pünktlich um 9.00 Uhr klingelte ich bei ihr. Es dauerte etwas, bis mir geöffnet wurde. Frau Kessel empfing mich in leichter Morgenkleidung. Eine schöne blonde Frau. Langes Haar und schlank. Jedoch üppige Brüste waren die ersten Eindrücke, die ich hatte.

»Guten Morgen Frau Kessel.« »Guten Morgen Herr Altmann. Sie sind ausgesprochen pünktlich.« »Ohne ihr darauf zu antworten, trat ich ein und ging durch den Flur zum Wohnzimmer. Frau Kessler schloss die Wohnungstüre und kam mir nach. Als ich ihr verdutztes Gesicht sah, sagte ich ihr: »Ich kenne die Wohnung. Habe sie erst vor kurzem renoviert. Allerdings haben wir damals die Türe nur provisorisch ersetzt. Die Originaltüre hat ihr Vormieter in den Keller gestellt. Direkt an eine feuchte Wand. Deshalb konnte man die auch nicht mehr einsetzen.«

»Und was machen sie jetzt?« »Ich werde jetzt den Türrahmen ausmessen und mir die Maße aufschreiben. Dann werde ich eine Türe im Handel kaufen und sie bei mir zuhause in der Garage anpassen. Wenn sie fertig ist, werde ich mich wieder bei ihnen melden.« »Wie lange dauert das? Können sie ungefähr sagen, wann die neue Türe kommt? Wissen sie, es ist wirklich wichtig.« »Ich weiß. Herr Bohn hat mich entsprechend Informiert und ich habe ihm und sage es auch Ihnen, ich werde die Türe so schnell wie möglich fertig stellen. Noch heute fahre ich ins Bauhaus und werde versuchen ein Türblatt zu finden, was für die Anpassung geeignet ist.«

Die Frau, die kurz die Augenbrauen hochgezogen hatte, lächelte mir nun zu. Wahrscheinlich war es ihr einen kurzen Moment etwas peinlich, dass ich wusste, was sie macht. Dann überwiegt wohl die freudige Information, dass ich es deshalb schneller mache. Beim Ausmessen hatte ich natürlich hier und da Gelegenheit ihre Inneneinrichtung zu betrachten. Im Wohnzimmer war sie eher bieder eingerichtet. Anrichte, Couch, Sessel, Tisch und ein großer Wohnzimmerschrank. Auf dem Boden standen hier und da noch Vasen mit wohl künstlichen Blumen. An den Wänden hingen verschiedene Aktmodelle, wo sich das Hinschauen schon lohnte. Im Flur befanden sich eine Garderobe, ein großer Spiegel und so eine Art Schuhschrank. Als ich mit dem Ausmessen fertig war, rief nach Frau Kessel, da sie im Schlafzimmer verschwunden war. Zuerst hatte ich vor dort anzuklopfen, um in das Zimmer schauen zu können. Das tat ich dann aber doch nicht. Als sie herauskam, sah sie etwas anders aus. Die Haare aufgedreht, geschminkt und ein Kostüm an, was mehr zeigte als verbarg.

»Ich bin soweit fertig.«

»Das trifft sich gut, da ich gleich besuch bekomme.«

»Ich melde mich, sobald ich die Türe fertig habe.« »Ich sage erst mal vielen Dank. Bis bald.« Dann ging sie zur Türe und öffnete sie mir. Schnell drückte sie mir die Hand und schon war ich draußen und die Türe zu. Dann ging ich nach unten. Als ich die Haustüre öffnete, stand ein älterer Herr vor dieser Türe, der gerade in diesem Moment auf die Schelle von Frau Kessel drückte. Ich grüßte kurz und ging dann an ihm vorbei. Dann ging auch schon der Türdrücker und der Herr ging ins Haus. »So sehen also die »Schüler aus. Fast siebzig und will noch etwas lernen.« Die Suche nach einem Türblatt im Bauhaus war erfolgreich, obwohl ich mir eine vom Maß her eine bessere Türe gewünscht habe. Die Türe war weiß, was schon mal der Farbe der anderen Türen entsprach. In meiner Garage bearbeitete ich nun die Türe. Länge kürzen und breite kürzen. Scharniere versetzen und die alten Löcher zuspachteln. Am schwierigsten war es, den Absatz oben am Tür Rand zu verändern. Das ganze Wochenende verbrachte ich in dieser Garage. Mal von einer Mittagspause abgesehen.

Am Montag rief bei ihr an und konnte ihr mitteilen, dass ich die Türe schon morgen liefern könnte. Ihre betonte Stimme nahm ich wieder zur Kenntnis, ließ mich aber nicht wirklich erregen. Nun, das muss sie ja auch nicht. Ich bin ja kein Kunde und wollte auch keiner werden. »Das ist ja toll Herr Altmann. Ich bin am Dienstag den ganzen Tag

Zuhause. Bitte melden sie sich kurz vorher nochmal an. Wann wäre es, so ungefähr, dass sie die Türe bringen?« »Wahrschein so gegen 16.00 Uhr.« Da bin ich auf jeden Fall hier. Vielen Dank schon mal und bis morgen.« »Ist o.k. Bis morgen.«

Am nächsten Tag fuhr ich mit der Türe im Auto zur Brehmstrasse. Ich hoffte auf einen Parkplatz in der Nähe vom Haus. Die Türe hatte ja Übermaß und war entsprechend schwer. Leider war das Parkglück heute nicht auf meiner Seite. Somit fuhr ich nochmal ums Viereck und parkte dann in zweiter Reihe direkt vor dem Haus und schaltete die Warnblinkanlage an. Holte die Türe aus dem Auto und stellte sie neben dem Hauseingang. Dann fuhr ich den Wagen etwas weiter und parkte ca. 30 Meter vom Haus entfernt. Meine Werkzeugkiste und ein Beutel mit Hobel und anderen Sachen, die ich vielleicht benötigen würde, hatte ich nicht ausgeladen und so trug ich diese nun zum Haus. Die Türe hatte ich wohlweißlich ständig im Blick, als ich auf das Haus zu ging. Angekommen klingelte ich. Nach einer Weile wurde mir geöffnet. Ich stellte die Werkzeugkiste vor die geöffnete Türe, damit sie nicht wieder zufiel, und holte von draußen dann die neue Wohnzimmertüre. Nachdem ich diese abgestellt hatte, ging ich nach oben und klopfte an die noch geschlossene Wohnungstüre. Wieder dauerte es etwas, bis sie aufging. »Hallo Herr Altmann« begrüßte mich Frau Kessel. Wunderte sich aber wo denn die Türe wäre. »Die ist noch unten. Mein Werkzeug stelle ich schon mal ab und dann hole ich die Türe.« Gott sei Dank war die Wohnung in der zweiten Etage. Trotzdem war es sehr beschwerlich, diese schwere Türe nach oben zu bringen. Dann das gleiche Ritual. Klopfen, warten und wieder ein Hallo. Ich nahm die Türe und transportierte sie an die Wand im Flur neben dem Eingang zum Wohnzimmer. Dann verschnaufte ich erstmal.

Als ich so im Flur stand, sah ich mir die Frau wieder etwas genauer an. Heute sah sie wieder aus, wie man eben so aussieht, wenn man Zuhause ist. Ungeschminkt, die Haare etwas zerzaust und sie trug einen Bademantel. Der war nicht ganz verschlossen und so sah ich etwas von ihrer Oberweite. Sie sah meinen Blick, was sie aber nicht veranlasste den Bademantel nun etwas mehr zu verschließen. »Sie kommen zurecht?« »Ja, ich denke schon.« »Gut, ich bin nicht alleine. Also im Wohnzimmer sitzt noch jemand. Ich hoffe, das stört sie nicht?« »Nein, ich weiß, ja was ich zu tun habe. Und wenn da einer sitzt, das macht mir nichts aus.« »Das ist gut. Ich bin nämlich noch eine kurze Weile im Schlafzimmer beschäftigt. Dann geht dieser Herr und der Mann aus dem Wohnzimmer geht dann ins Schlafzimmer. Dann können sie in Ruhe arbeiten« nach diesen erklärenden Worten, ging sie ins Schlafzimmer und war verschwunden. »Hier ist, aber viel Verkehr«, dachte ich so und musste im selben Augenblick über diesen gedanklichen Spruch lachen. Der passte. Nun ging ich zu der Wohnzimmertüre und schob sie auf. Als ich den Raum betrat, saß ein Mann auf der Couch. Er hatte sich etwas zum Fenster weggedreht, so dass ich sein Gesicht nicht sehen konnte.

»Guten Tag, ich bin der Schreiner und Wechsel die Türe.«
»Guten Tag«, wurde mir geantwortet. Ich zuckte etwas zusammen. Diese Stimme kannte ich. Diese Stimme gehörte zu jemand, den ich kannte. Nun schaute ich nochmal zu dem Mann hinüber. Auf der Couch saß kein anderer als mein alter Schulkamerad Norbert Clemens. Von uns früher, immer Nietes genannt. Nicht nur weil er nie Glück hatte, sondern eigentlich immer eine Niete war. Mit dem konnte man nirgends hingehen. Sein Aussehen, sein benehmen vertrieben uns die Bräute.

»Hallo Nietes. Was machst du denn hier?« Natürlich wusste ich was er hier machte.

»Hallo Manfred dasselbe könnte ich dich ja fragen.« »Ach, ich bin wegen einer neuen Türe da. Die Alte passt nicht richtig und deshalb kann man sie nicht verschließen. Wie geht es den so?«

»Ach so weit alles ok.«

Ich wollte ihn nicht weiter quälen und wandte mich der alten Türe zu. Im inneren lachte ich mich halb Tod. Obwohl er mir eigentlich leidtat. Er sah immer noch so aus wie früher, nur eben gealtert. Sein Gesicht war durchzogen von Pickeln. Wir haben immer gesagt, er soll nicht so viel onanieren. Onanieren machen Pickel. Seine Nase war krumm und lang. Sein kleiner Puckel, den er auch schon als Kind hatte, war gewachsen. Jetzt sah er von hinten aus wie Quasimodo, der Klöckner von Nostredame. dadurch konnte er nicht aufrecht gehen und gebeugt war er noch kleiner als er schon immer war. »Eigentlich eine arme Sau« dachte ich so und vertiefte mich in meine Arbeit.

Ich hängte die Alte Türe aus und stellte sie an eine freie Stelle an die Wand. Dann holte ich die Türe aus dem Flur. Gerade als ich diese hochheben wollte, hörte ich aus dem Schlafzimmer stöhnen und kurze, leise Schreie. Ich ließ die Türe noch stehen und lauschte etwas. Eine dunkle Männerstimme forderte mehr, mehr und ihre Stimme antwortete etwas, was ich aber nicht verstand. Dann waren wieder kurze Schreie zu hören und dann war Ruhe. Ich nahm nun die Türe und transportierte die ins Wohnzimmer. Auch diese Türe stellte ich zunächst an die Wand. Dann nahm ich meinen Zollstock und habe die Maße nochmal gegengeprüft. »Eigentlich müsste die Türe passen«, stellte ich für mich fest. Also nahm ich die neue Türe und hing sie in die Scharniere. Dann wollte ich die Türe schließen. Allerdings klemmte sie oben im Türrahmen etwas. Nur mit Mühe konnte die Türe geschlossen werden. Das konnte ich so nicht lassen. Die Türe wurde ausgehangen und wieder an die Wand gestellt. Ich bearbeitete die Türe so leise es ging. Ich wollte die Lehrstunde von Frau Kessel mit ihrem „Schüler" Nietes nicht stören. Nach einer Weile des Feilens, hing ich die Türe wieder ein, um festzustellen, dass sie noch nicht passt. Wieder raus und weiter feilen und glatt schmirgeln. Gerade als ich die Türe zum x-ten Male einhängen wollte, ging die Schlafzimmertüre auf. Frau Kessler kam mit fast offenem Bademantel aus dem Zimmer und ging ins Bad. Jetzt wusste ich, dass sie nicht rasiert war. Diese Erkenntnis half mir zwar nicht bei der Lösung des Problems der Türe, erweiterte aber den Horizont über das Wissen von Frau

Kessel. Dann ging die Schlafzimmertür erneut auf und ein älterer Mann kam aus dem Zimmer. Ohne ein Wort ging er zielstrebig zur Wohnungstüre und verließ die Wohnung. Auch Frau Kessel kam aus dem Bad. Sie trug ihren Bademantel nun geschlossen.

»Waren es fünf Minuten, die sie im Bad verbrachte?« Länger war sie auf keinen Fall im Bad.

»Was kann man in fünf Minuten im Bad machen um sich zu regeln, nachdem man mit einem Mann zusammen war?« fragte ich mich. »Nur das Notwendigste reinigen! Alles andere wird mit Parfüm wieder hergerichtet. Ja, so wird sie es wohl machen.« Frau Kessel kam auf mich zu. »Nun erlöse ich sie von dem Gast und sie können weiterarbeiten.«

»Es kann sein, dass ich auch noch ein wenig Krach machen muss. Nicht allzu laut aber etwas muss ich an der Türe noch bearbeiten. Sie soll ja schließlich schließen.« »Unbedingt, unbedingt.« Und mit etwas leiserer Stimme:« Dem Gast werde ich für dasselbe Geld etwas mehr Zeit geben, wegen den Unannehmlichkeiten. dann geht das schon.«

Sie ging an mir vorbei ins Wohnzimmer. »Hallo mein guter. Leider musstest du etwas warten. Aber nun bin ich ganz für dich da. Komm und geh ins Schlafzimmer. Sie ging zu ihm hin und nahm seine Hand und zog ihn hoch. Dann küsste sie ihn auf die Wangen. Ich bin dann sogleich bei dir.« Nietes stand etwas zögerlich auf. Er hatte einen knallroten Kopf und wäre am liebsten im Boden versunken, oder unter dem Tisch verschwunden. So wie es die Zauberer machen mit den Elefanten. Decke drauf und weg ist er. Nietes war aber weder im Boden versunken noch weggezaubert worden. Ich drehte mich zur Wand, zu der Türe, die dort stand, und tat so, als hätte ich zu tun und nichts mitbekommen. Er ging ohne ein Wort an mir vorbei und ins Schlafzimmer. Am liebsten hätte ich ihm viel Erfolg gewünscht. In Anbetracht seiner Situation tat ich das schon aus lauter Mitleid nicht. Frau Kessler, die ebenfalls an mir vorbei gegangen war, kam nun aus der Küche und hatte zwei Gläser in der Hand.

»Wenn sie etwas trinken möchten, im Kühlschrank steht auch Bier kalt. Bitte bedienen sie sich.« »Danke« mehr sagte ich nicht. Ging auch nicht, denn sie war ebenfalls im Schlafzimmer verschwunden. Nun widmete ich mich wieder der Türe. Diesmal bearbeitete ich sie etwas kräftiger, was natürlich auch etwas mehr Geräusche machte. Beschleunigte aber den Erfolg. Zwischen den einzelnen Feil- und Schleifaktionen war auch schon mal Ruhe.

Ruhe bei mir. Im Zimmer nebenan war das eher anders. Stöhnen und stimmen waren zu hören. Armer Nietes, nicht nur dass er wusste, ein alter Schulkamerad war nebenan und hatte mitbekommen, dass er sich »Schülerhilfe« holte, sondern er wird wohl auch noch hören, was er hier so macht. Und dann wird das Ganze noch von etwas Krach gestört. Ich bin mir nicht sicher, ob ich diesem Stress gewachsen wäre, im wahrsten Sinne des Wortes. Bezahlen würde ich dafür sicherlich nicht.

Endlich konnte ich die Türe schließen, ohne dass eine Anstrengung von Nöten war oder das sie klemmte. Nun wurden nur noch die Feinheiten gemacht. Glattschleifen und dann auch noch etwas Farbe auftragen. Das machte aber keinen weiteren Krach und so hörte ich auch das Ende der Lehrstunde etwas genauer. Nietes Stimme konnte niemand Überhören. Rau wie eine Kreissäge war und verschnupft, auch weil er durch die Nase sprach. Frau Kessler stachelte ihn zudem zu irgendwas an. Dann war Ruhe.

Kurze Zeit später kam sie wieder aus dem Zimmer und ging wieder ins Bad. Und nach drei vier Minuten kam meiner alter Freund Nietes und schlich sich weg. Fast auf Zehenspitzen war er aus dem Zimmer gekommen und sofort zur Türe gegangen, die er dann auch so leise hinter sich zuzog. Frau Kessler kam wie schon nach dem ersten Kunden sehr schnell wieder aus dem Bad. Ich nutzte die »Schülerpause« und sprach sie an.

»Die Türe ist schon fast fertig. Bitte prüfen sie doch mal das öffnen und schließen.« »Na, das ging aber schnell. Ach bin ich froh.« Dann kam sie ins Zimmer und schloss die Türe. Machte sie wieder auf und verschloss sie erneut. Das machte sie dann fünf bis sechs Mal. »Wunderbar. Endlich wird es hier etwas gemütlicher. Das ihr Bademantel sich bei dieser Bewegung etwas geöffnet hatte schien sie nicht zu stören. Warum auch, hatte ich doch bereits das Vergnügen.

»Ich räume jetzt noch mein Werkzeug zusammen und bin dann fertig. Dann haben sie auch Ruhe von mir.« »Ach Herr Altmann, ich bin wirklich so froh, dass ich jetzt die Türe verschließen kann. Sie haben ja mitbekommen, wie unangenehm es ist, wenn ein anderer Kunde hören muss, dass noch jemand da ist. Es Wissen ist die eine Sache, aber es auch noch zu hören ist schon eine Zumutung. Am schlimmsten ist es aber, wenn sie sich auch noch begegnen. Ich weiß gar nicht wie ich das gutmachen kann.« Dabei stellte sie sich bewusst vor mir hin. Ich wusste, nur ein kleiner Hinweis von mir und ich dürfte wohl ins Schlafzimmer. »Ist schon gut. Herr Bohn, ihr Vermieter, bezahlt mich immer sehr gut.« Ich nahm die alte Türe in die Hand und machte mich auf zu gehen.

»Könnten sie mir die Wohnungstüre öffnen, dann kann ich die alte Türe schon mal in den Flur stellen. Frau Kessler band ihren Bademantel fester zu und ging zur Türe. Die Türe stellte ich in den Flur und sagte: »Moment noch bitte.« Dann ging ich zurück ins Wohnzimmer und holte mein Werkzeug.

»Alles Gute und noch einen schönen Tag. Ich werde Herrn Bohn berichten, dass sie voll zufrieden sind.« »Ja tun sie das. Ihnen auch alles Gute.« Sah ich da ein etwas trauriges Gesicht?« Und wenn, ich war mir sicher, einer aus meiner Klasse muss reichen!

Hompage:
https://123michael55.wixsite.com/michaelschoenberg
Bücherseite:
https://www.lovelybooks.de/autor/Michael-Sch%C3%B6nberg/
Mailadresse:
mschg55@gmail.com

Veröffentlichungen

2014 »Blond ja. Dumm nein«, ein Liebesroman, 2019
Neuauflage unter dem Titel »Steffi und Yvonne. Zwei
Gesichter einer Frau«

2015 »Michaels Kurzgeschichten«

2015 Mitautor bei der Trilogie »Jedes Wort ein Atemzug«

2016 »Für die Liebe ist man nie zu alt«, ein Liebesroman

2016 »Farbspiele « 10teilige Anthologie vom Karina Verlag

2017 »Haifischjagd-Köder gesucht«, ein Thriller

2017 »Die Dunkelheit« ein Thriller

2017 »Die Karnevals-Maske« ein Horror Roman

2018»Flugsi und seine Abenteuer«, ein Kinderbuch

2018 »Tsunami der Kinder«, ein Thriller

2018»Deine Schuld wird nie vergessen« ein Psycho-Thriller

2020»Michas Bunte Geschichten«, Kurzgeschichten

2020 »Wenn die Seele sich verdunkelt« ein Krimi

2021»Gefahr am „Grünen See"«, ein Krimi

2022 »Kesselgeschichten«, Kurzgeschichten

2022 In Arbeit: »Pommes rot/Weiß. Köstlich tödlich«, ein Krimi.

Er hat sich an mehr als 30 Anthologien beteiligt und gestaltete für den
WAV 2018 die Anthologie „Magische Muffins" und 2020 die Anthologie
„D-Mark; Erlebnisse rund um das liebe Geld"

Stell dir vor, du schlägst die Augen auf und erwachst in absoluter Dunkelheit. Vollkommende Schwärze. Du stellst fest, dass du dich nicht bewegen und nicht reden kannst.
Du hast keinerlei Körpergefühl und weißt nicht, ob du liegst oder stehst, wo oben und wo unten ist. Das Einzige, was du kannst, ist hören. Du hörst geheimnisvolle Stimmen. Mal fern, mal nah ...

Michael Schönberg

DIE DUNKEL HEIT

Deine Schuld wird nie vergessen

Der Makler Reinhard Winkler wird angeklagt, den Sohn von Ingrid und Jürgen Born mit seinem Porsche fahrlässig getötet zu haben.
Doch der Richter sieht das anders.
Winkler wird freigesprochen und die Staatsanwaltschaft strebt ein Verfahren gegen die trauernde Mutter an, in dem ihr Verletzung der Aufsichtspflicht vorgeworfen wird.
Das nimmt die Frau nicht hin und schwört bereits im Gerichtssaal blutige Rache an dem Mörder ihres Kindes.
Von da an fühlt sich der Makler beobachtet und verfolgt. Die Angst wird größer, das Schuldgefühl an Daniels Tod frisst sich durch seine Seele.

Wer sind die Männer, die sich in seiner Nähe aufhalten? Wer sitzt in der schwarzen Limousine, die ihn verfolgt?

Einzig Kommissar Biesenbach glaubt ihm und nimmt die ersten Ermittlungen auf.

Michael Schönberg

Deine Schuld wird nie vergessen

Oberrather Thriller